बाँसुरी के मनीषी

पं. रघुनाथ प्रसन्ना की संगीत यात्रा एवं विविध आयाम

डॉ. विनय गंधर्व

WKRISHIND
Nature's Creation

बाँसुरी के मनीषी: पं. रघुनाथ प्रसन्ना की संगीत यात्रा एवं विविध आयाम

Publisher: WKRISHIND
ISBN: 978-81-977923-8-0
Edition: I (2024)
MRP: ₹599

डॉ. विनय गंधर्व

प्राक्कथन

भारतीय संगीत प्राचीन काल से सुना जा रहा है। भारतीय शास्त्रीय संगीत का मूल स्त्रोत वेदों को माना गया है। संगीत प्रत्येक मनुष्य के जीवन में किसी न किसी रूप में विद्यमान होता है। संगीत हम सभी को लुभाता है, कहा जाता है कि संगीत साधना द्वारा ईश्वर की प्राप्ति की जा सकती है। आधुनिक हिन्दुस्तानी संगीत की व्याख्या करते समय हम उसकी पृष्ठभूमि का अवलोकन करके उसके विकास का वर्णन करते है। हमारे देश में न जाने ऐसे कितने संगीतज्ञों एवं कलाकारों ने जन्म लिया है जिन्होंने भारत में ही नहीं बल्कि पूरे विश्व में भारतीय संगीत का प्रचार-प्रसार किया तथा संगीत को उच्चतम शिखर पर पहुँचाया।

इन कलाकारों ने संगीत शिक्षा, गुरु-शिष्य परम्परा एवं घरानेदारी परम्परा द्वारा प्राप्त की होती है तथा इसी परम्परा से अपने शिष्यों को संगीत की तालीम प्रदान करते है। बहुत कम ही ऐसे संगीतज्ञों के प्रयासों एवं उनकी कला को संरक्षित किया जाता है। संगीत का छात्र होने के नाते मैं अपना परम कर्तव्य समझता हूँ कि ऐसे संगीत विद्वानों के अनुभवों, कलाकार बनने के पीछे उनकी प्रेरणा, परिवेश और परिस्थितियों का ज्ञान अर्जित करके संगीत को संरक्षित किया जा सके। संगीत के क्षेत्र में किए गए कार्यों तथा कलाकारों द्वारा दिए गए योगदान को एकत्रित करके इसे संरक्षित किया जा सकता है। ऐसे कलाकारों में पण्डित रघुनाथ प्रसन्ना का नाम भी सर्वोच्च स्थान में आता है। जो एक अनुभवी कलाकार गुरु तथा संगीत के क्षेत्र में आने वाले शिष्यों के लिए प्रेरणा के स्त्रोत रहे।

लेखक का सम्बन्ध बचपन से ही संगीतमय परिवेश से रहा है। इसलिए बाँसुरी एवं शहनाई से मेरा विशेष लगाव रहा है। गायकी अंग से शहनाई एवं बाँसुरी वादन करना बनारस घराने की मुख्य विशेषता रही। बनारस घराने में बहुत से बाँसुरी एवं शहनाई वादक है जिन्होंने मुझे बहुत प्रभावित किया जिनमें पण्डित राजेन्द्र प्रसन्ना, पण्डित अजय प्रसन्ना, पण्डित दया शंकर, पण्डित हरिप्रसाद चौरसिया एवं पण्डित अनन्त लाल।

पण्डित रघुनाथ प्रसन्ना ऐसे बुजुर्ग कलाकार थे जिनसे तमाम कलाकारों ने किसी-न-किसी रूप में संगीत शिक्षा प्राप्त की थी। पण्डित जी के व्यक्तित्व, संगीत के प्रति उनकी सोच, कारकों एवं उनके वादन की विशेषताओं को मैं जानना चाहता था। पण्डित रघुनाथ प्रसन्ना के संगीत जगत में उनके योगदान का उचित मूल्यांकन करने हेतु प्रस्तुत पुस्तक बहुत छोटा सा प्रयास है। इस पुस्तक में पण्डित जी के द्वारा शास्त्रीय संगीत के साथ ठुमरी, चैती, कजरी, होली आदि गीत शैलियों का समावेश है, जो इनके वादन में झलकता था।

भूमिका

भारतीय शास्त्रीय संगीत में बनारस घराने का महत्वपूर्ण योगदान रहा है। बनारस घराना गायन, वादन और नृत्य तीनों कलाओं में निपूर्ण एवं विख्यात रहा। प्राचीन काल से संगीत शिक्षा ग्रहण करने हेतु दूर-दूर से शिक्षार्थी वाराणसी आया करते थे। बनारस के घराने भारतीय शास्त्रीय संगीत में अपनी निराली शैली रखते हैं। बनारस तीर्थ स्थल एवं संगीत के लिए विश्वभर में प्रसिद्ध है। बनारस में बहुत से गायक एवं वादक कलाकार हुए, जिनमें पण्डित रघुनाथ प्रसन्ना है जिन्होंने बाँसुरी एवं शहनाई जैसे सुषिर वाद्यों को अपना कर महारत हासिल की और अपने शिष्यों एवं देश-विदेश में इन वाद्यों को प्रचारित किया।

शहनाई तथा बाँसुरी भारतीय शास्त्रीय संगीत के प्राचीन एवं क्लिष्ट वाद्य है। शहनाई की मंगल ध्वनि से ही मंगल कार्यों की शुरूआत होती है तथा बाँसुरी कृष्ण भगवान का प्रिय वाद्य है। जब भी इन दोनों वाद्यों की बात होती है तो पण्डित रघुनाथ प्रसन्ना का नाम सम्मानपूर्वक लिया जाता है। पण्डित रघुनाथ प्रसन्ना उन गिने चुने कलाकारों में से एक है जो शहनाई तथा बाँसुरी दोनों के वादन में सिद्धहस्त थे।

भारतीय शास्त्रीय संगीत आज विश्व में अपने उत्कृष्ट एवं उच्चतम रूप में विद्यमान है, जिसमें हमारे पूर्वज गुरु, कलाकारों का विशेष योगदान रहा। पण्डित रघुनाथ प्रसन्ना जी ने कई रचनाएं निर्मित की तथा साथ ही उन्हें स्वर भी प्रदान किए। इसके साथ-साथ आपने अपनी समस्त कल्पनाओं एवं रचनाओं को अपने शार्गिदों एवं संगीत सुनने वाले श्रोताओं को प्रदान किया, जिसे आगे हस्तान्तरित कर इस अमूल्य धरोहर के संरक्षण में अपना अतुलनीय योगदान दिया। प्राचीन काल से लेकर आधुनिक काल तक अनेक वाद्यों का विकसित रूप देखने को मिला।

भारतीय शास्त्रीय संगीत में ऐसे बहुत सारे वाद्य है जो लोक संगीत के वाद्य थे, इनमें से शहनाई भी एक ऐसा लोक वाद्य बना जिसने भारतीय शास्त्रीय संगीत में अपनी जगह बनाई। पुरातन काल से ही शहनाई वाद्य को मांगलिक कार्यों, शुभ अवसरों, विवाह, धार्मिक अनुष्ठानों एवं पर्वों में वादन किया जाता था।

भारतीय शास्त्रीय संगीत में शहनाई वाद्य को उच्चतम स्थान प्रदान करने के लिए देश के महान् कलाकारों ने अपना योगदान दिया जिनमें उस्ताद, बिस्मिल्लाह खां साहब, पण्डित गौरी शंकर, पण्डित रघुनाथ प्रसन्ना, पण्डित अनन्त लाल, दया शंकर एवं पण्डित विष्णु प्रसन्ना के नाम प्रमुखता से लिए जाते है। जिससे यह वाद्य यंत्र राजदरबारों में ही नहीं बल्कि पूरे भारत और विश्व में प्रसिद्ध हो गया।

आभार

किसी भी कार्य को ईश्वर तथा गुरु के आशीर्वाद के बिना पूर्ण नहीं किया जा सकता है। अतः कण-कण में विद्यमान निरंकार ईश्वरीय रूप परमपिता परमेश्वर के श्री चरणों में नतमस्तक हूँ, एवं साकार रूप में गुरु हमें मार्गदर्शन प्रदान करता है।

मैं डॉ. अंकित भट्ट एवं डॉ. यक्षिता भट्ट के प्रति श्रद्धावनत हूँ। इसके तत्पश्चात् डॉ. संतोष कुमार पाठक एवं मंच कला विभाग, वनस्थली विद्यापीठ के सभी कलाकारों को तथा शिक्षकों को साधुवाद व्यक्त करता हूँ, जिनके सहयोग से मैं अपने पुस्तक को विराम दे पाया।

मैं अपने पूजनीय माता-पिता श्री लेखराम गंधर्व (बाँसुरी वादक) एवं श्रीमती लीला गंधर्व को श्रद्धावत प्रणाम करता हूँ जिनकी प्रेरणा एवं आशीर्वाद से लेखक बचपन से ही संगीत विधा से जुड़ा। इनकी प्रेरणा की छत्रछाया में मैं अपनी पुस्तक को पूर्ण कर पाया हूँ।

मैं अपने संगीत गुरु प्रो. सतीश शर्मा एवं पण्डित डॉ. हरविन्दर शर्मा का हृदय की गहराईयों से आभार व्यक्त करता जिनसे मुझे सितार जैसे वाद्य की बारिकियों एवं संगीत सिखने का सुअवसर प्राप्त हुआ और वर्तमान समय में भी जारी है। इस पुस्तक को पूर्ण करने में इनकी प्रेरणा सदैव रही।

मैं राजेन्द्र शर्मा का भी आभार व्यक्त करता हूँ जिन्होंने मुझे जीवन में हमेशा आगे बढ़ने में विशेष योगदान और प्रेरणा दी।

अपनी बड़ी बहन नीलम गंधर्व (सितार शिक्षिका) एवं जीजा जी श्री राकेश चन्द्र उप्रेती (गायन शिक्षक) का आभार व्यक्त करता हूँ जिन्होंने इस पुस्तक में समय-समय पर मुझे अपना सहयोग दिया। साथ ही मैं अपनी जीवन संगिनी खुशबू का भी आभार व्यक्त करता हूँ।

मैं अपने दादा जी एवं गुरु पण्डित सुन्दर लाल गंधर्व (बाँसुरी वादक) एवं चाचा श्री सौभाग्य गंधर्व का भी आभार व्यक्त करता हूँ जिनका स्नेहपूर्ण आशीर्वाद मुझे हमेशा आगे बढ़ने की प्रेरणा देता है।

इस पुस्तक को पूर्ण करने के लिए मैं पण्डित राजेन्द्र प्रसन्ना जी का हृदय की गहराईयों से आभार व्यक्त करता हूँ। जिन्होंने इस कार्य को पूर्ण करने में मेरी मदद की। मैं उन तमाम संगीतजनों एवं कलाकारों का धन्यवाद करता हूँ जिन्होंने अपना बहुमूल्य समय निकाल कर मुझे मेरे इस कार्य के लिए प्रोत्साहित किया।

अपने पुस्तक को मैंने पूर्ण लगन तथा पूर्ण निष्ठा के साथ पूर्ण करने का प्रयास किया है, परन्तु अपरिपक्वता के कारण कुछ त्रुटियाँ होना सम्भव है अतः मैं अपनी त्रुटियों के लिए क्षमा प्रार्थी हूँ।

डॉ. विनय गंधर्व

विषय-सूची

1

पं. रघुनाथ प्रसन्ना का जीवन

शहनाई तथा बाँसुरी भारतीय शास्त्रीय संगीत के प्राचीन एवं क्लिष्ट वाद्य यन्त्र हैं। शहनाई की मंगल ध्वनि से ही मंगल कार्यों की शुरुआत होती है। जब भी इन दोनों वाद्यों की बात होती है तो पण्डित रघुनाथ प्रसन्ना का नाम सम्मानपूर्वक लिया जाता है। पण्डित रघुनाथ प्रसन्ना ने भारतीय सुषिर वाद्य बाँसुरी एवं शहनाई में महारत हासिल की और इन वाद्य को अपनी गरिमा प्रदान की। इनकी बाँसुरी एवं शहनाई की शैलियों में चुम्बकीय आकर्षण था। पण्डित रघुनाथ प्रसन्ना उन गीने चुने कलाकारों में से एक थे जो शहनाई तथा बाँसुरी दोनों के वादन में सिद्धहस्त थे। बनारस घराने से सम्बन्ध रखने वाले विश्वविख्यात बाँसुरी एवं शहनाई वादक पण्डित रघुनाथ प्रसन्ना का नाम संगीत जगत् में सदा आदर व सम्मान के साथ लिया जाएगा। पण्डित रघुनाथ प्रसन्ना का जन्म एक ऐसे परिवार में हुआ, जहां पर संगीत के प्रति गहरा सम्बन्ध व शहनाई वादन की खानदानी परम्परा पिछली पीढ़ी-दर-पीढ़ी चली आ रही थी। संगीत परम्परा के इसी सफर को आगे बढ़ाते हुए प्राचीन व आधुनिक हिन्दुस्तानी संगीत के प्रतिष्ठित एवं असाधारण प्रतिभा सम्पन्न कलाकारों में से विश्वविख्यात बनारस घराने के बाँसुरी एवं शहनाई वादक पण्डित रघुनाथ प्रसन्ना ऐसे ही सहृदय, सुरीले, गुणी एवं विनम्र कलाकार थे, जिन्होंने अपनी प्रतिभा के माध्यम से देश ही नहीं अपितु विदेशों में भी अपने प्रशंसको को भावविभोर किया, एवं संगीत कला को नित नवीन ऊँचाईयों तक पहुंचाया।

पण्डित रघुनाथ प्रसन्ना का जन्म एवं पारिवारिक परिवेश

पण्डित रघुनाथ प्रसन्ना का जन्म वाराणसी (उतर प्रदेश) में अप्रैल 1913 को राम नवमी के आस-पास पण्डित गौरी शंकर एवं माता

जानकी देवी के घर में हुआ। पण्डित गौरी शंकर एवं इनके चार भाई उस समय के उच्चकोटी के शहनाई वादक हुआ करते थे। उन दिनों ये राजदरबारों एवं नौबत खानों में शहनाई वादक के रूप में कार्य किया करते। पण्डित गौरी शंकर की एक बेटी एवं तीन पुत्र थे। बेटी का नाम छन्गोरा देवी और पुत्रों में सबसे बड़े पुत्र रघुनाथ, भोलानाथ एवं सबसे छोटे विष्णु थे। पण्डित रघुनाथ प्रसन्ना का पारिवारिक परिवेश संगीतमय था, जिस कारण बहुत कम उम्र से ही आपने संगीत शिक्षा लेना आरंभ कर दिया था। पण्डित जी के परिवार में सभी कलाकार विवाह, मांगलिक कार्यक्रमों, राजदरबारों एवं नौबतखानों में शहनाई वादन करके परिवार का भरण-पोषण किया करते थे। इन दिनों शहनाई को समाज में उच्च दर्जे के कार्यक्रमों में पेश नहीं किया जाता था।

(चित्र संख्या: 1.1) - पण्डित गौरी शंकर[1]

पण्डित गौरी शंकर एक उच्च कोटि के शहनाई वादक थे। इनकी प्रशंसा बहुत दूर तक फैली हुई थी, जिस कारण इनकी नियुक्ति कूच बिहार (पश्चिम बंगाल) में राजा के दरबार में हुई। पण्डित रघुनाथ प्रसन्ना उन दिनों बहुत छोटे थे जब इनके पिता उनकों अपने साथ कूच बिहार ले

कर चले गए। तब से ही पण्डित रघुनाथ प्रसन्ना ने अपने पिता से शहनाई की विधिवत् तालीम लेनी आरंभ कर दी।

आपके घराने के सभी कलाकार राजदबारों एवं शादी समारोह में शहनाई वादन करके घर परिवार का निर्वहन करते थे। आपके परिवार की आर्थिक स्थिति इतनी अच्छी नहीं थी, क्योंकि भरे-पूरे परिवार में कमाने वाले सिर्फ रघुनाथ प्रसन्ना जी थे। रघुनाथ जी मुम्बई में फिल्मों व रिकार्डिग में बाँसुरी एवं शहनाई बजाकर पैसे कमा कर घर भेजते थे। परिवार में आप सबसे बड़े थे इसलिए आप से छोटे भाई-बहन की जिम्मेवारी भी आपके कंधों पर थी। पिता गौरी शंकर की मृत्यु के बाद आपने सभी भाईयों-बहनों की शादी करवाई और अपनी जिम्मेवारियों का निर्वहन किया। पण्डित राजेन्द्र प्रसन्ना कहते हैं कि किसी भी व्यक्ति के जीवन के सबसे अनमोल पल उसके बचपन से जुड़े होते है। अपने बचपन के दिनों में ही पूर्णतया निष्कपट, निश्छल, से निश्चित होता है, उसे किसी प्रकार की चिंता, दुख का आभास नहीं होता। परन्तु बचपन में ही पण्डित राजेन्द्र प्रसन्न के कंधों पर परिवार के भरण पोषण व पिता के साथ घर की आर्थिक स्थिति को सुधारने की जिम्मेदारी आ गई थी। पिताजी के संघर्ष को देखकर पण्डित राजेन्द्र प्रसन्ना ने छः वर्ष की छोटी आयु से ही खानदानी शहनाई वादन को अपना कर शादी, विवाह, बरात व अन्य कार्यक्रमों में शहनाई बजाने चले जाते, वहाँ से जो भी चार या पाँच रुपये की कमाई होती उन पैसों से घर का खर्च निर्वहन करने में मदद मिल जाती थी।

पण्डित रघुनाथ प्रसन्ना को प्राप्त सम्मान एवं पुरस्कार

पण्डित रघुनाथ प्रसन्ना ने अपने जीवन में संगीत की सेवा की और हिन्दुस्तानी शास्त्रीय संगीत जगत में अपना अविस्मरणीय योगदान दिया। आपको संगीत सेवा के लिए विभिन्न संगीत संस्थाओं एवं भारत सरकार द्वारा विभिन्न सम्मानों से नवाजा गया। आप आकाषवाणी से शहनाई वाद्य में "ए ग्रेड" बाँसुरी में "बी हाई" कलाकार थे।

(चित्र संख्या: 1.2) - संगीत नाटक अकादमी पुरस्कार प्राप्त करते हुए पण्डित रघुनाथ प्रसन्ना जी[2]

1996 में पण्डित रघुनाथ प्रसन्ना को भारतीय शास्त्रीय संगीत में उनके योगदान के लिए भारत सरकार द्वारा संगीत नाटक अकादमी पुरस्कार, मुम्बई के गर्वनर डॉ. पी०सी० ऐलेग्जेन्डर द्वारा प्रदान किया गया। मधुर एवं प्रभावशाली वादन प्रस्तुत करने के लिए पण्डित जी को कूच बिहार (पश्चिम बंगाल) के राजा ने 'प्रसन्ना' उपनाम की उपाधि से नवाजा गया था। इसके अतिरिक्त उन्हें अन्य संगीत संस्थाओं द्वारा भी संगीत सेवा के लिए नवाजा गया।

"प्रसन्ना" उपनाम की उपाधि से अलंकृत

इस अलंकरण के सम्बन्ध में पण्डित राजेन्द्र प्रसन्ना बताते है कि जब पिताजी (पण्डित रघुनाथ प्रसन्ना) बिहार कूच (पश्चिम बंगाल) में अपने पिता पण्डित गौरी शंकर के साथ राजा के दरबार में सेवा प्रदान कर रहे थे, उस समय तक रघुनाथ प्रसन्ना अच्छी बाँसुरी बजाने लग गए थे। एक बार राजदरबार में एक कार्यक्रम आयोजित हुआ, उस समय इनकी उम्र लगभग 16-17 वर्ष रही होगी तब इनका कार्यक्रम हुआ। पण्डित जी की बाँसुरी वादन में एक चुम्बकीय आकर्षण था, जिससे वहां के राजा

एवं वहां पर उपस्थित सभी लोग बहुत प्रसन्न हुए। जब राजा ने इनका नाम पूछा तो गौरी शंकर ने इनका नाम रघुनाथ बताया। राजा के मन में 'प्रसन्न' नाम का खिताब मन में आया और रघुनाथ को कहा कि अब से आप अपने नाम के साथ 'प्रसन्न' लिखोगे, तभी से इनका नाम 'रघुनाथ प्रसन्ना'[3] हो गया। तब से आपके पूरे परिवार ने 'प्रसन्ना' उपनाम का प्रयोग करना आरम्भ कर दिया।

पण्डित रघुनाथ प्रसन्ना की प्रारंभिक शिक्षा एवं संगीत शिक्षा

स्कूली शिक्षा

पण्डित राजेन्द्र प्रसन्ना का कहना है कि उस समय आज़ादी से पहले शिक्षा पर अधिक ध्यान नहीं दिया जाता था। फिर जहां तक हमने पिताजी से सुना था कि आप तीन या चार कक्षा तक ही पढ़े थे। इतनी कम शिक्षा होने के बावजूद भी पिताजी को हमने अंग्रेजी में हस्ताक्षर करते देखा है।"[4] पण्डित रघुनाथ प्रसन्ना बचपन से ही बहुत तेज़ बुद्धि के थे, वो अगर किसी भी चीज़ को एक बार देख लेते तो उसको हुबहू बनाते, किसी संगीत या किसी वाद्य को देखते या सुनते थे तो उसको ग्रहण कर लेते थे।

संगीत शिक्षा

पण्डित रघुनाथ प्रसन्ना का जन्म एक ऐसे परिवार में हुआ जहाँ पर संगीत तथा शहनाई वादन की परम्परा सालों से चली आ रही थी। पण्डित रघुनाथ प्रसन्ना की संगीत शिक्षा बहुत छोटी आयु में अपने पिता गौरी शंकर से आरम्भ हुई। बचपन में ही गौरी शंकर ने आपको शहनाई की विभिन्न प्रकार की तकनीकों से अवगत करवाया जैसे शहनाई वाद्य में फूँक किस मात्रा में होनी चाहिए, छिद्रों द्वारा स्वर निकास इत्यादि। आपने शहनाई वाद्य पर घण्टों तक रियाज़ किया और अपने पिता के सानिध्य में रह कर शहनाई वाद्य में राग-रागिनियों का रियाज़ किया।

लगभग 17-18 वर्ष की आयु में आपने अपने पिता के साथ राजदरबारों एवं नौबत खानों में शहनाई वादन करना आरंभ कर दिया था।

शहनाई वाद्य में महारथ हासिल करने के पश्चात् आपका आकर्षण गायन विधा की ओर भी रहा। चूंकि आपका सम्बन्ध बनारस से था, जहां पर बहुत से प्रसिद्ध गायक हुए जिनमें पण्डित बड़े राम दास, छोटे रामदास एवं दाऊ जी मिश्रा एवं महादेव मिश्र इत्यादि। पण्डित रघुनाथ प्रसन्ना शहनाई के साथ-साथ गायन शिक्षा भी प्राप्त करना चाहते थे।

पण्डित रघुनाथ प्रसन्ना ने रामापुरा के प्रसिद्ध गायनाचार्य पण्डित दाऊ जी मिश्रा से गायन की विधिवत शिक्षा प्राप्त की। आपने पण्डित दाऊ जी मिश्रा से ख्याल, अंग, ठुमरी, कंजरी, चैती, होरी एवं बनारसी अंग की गायकी को सीखा, जिसकी झलक आपकी शहनाई एवं बाँसुरी वाद्य में साफ सुनाई पड़ती थी। यही कारण था कि आपने अपने वाद्य में गायकी अंग को विशेष महत्व दिया। पण्डित रघुनाथ प्रसन्ना शहनाई वाद्य में 'ए' श्रेणी, बाँसुरी में 'बी' हाई, साथ ही गायन में आप आकाशवाणी के कलाकार थे। "बाँसुरी की शिक्षा आपने स्वयं से ली। "पिताजी ने किसी व्यक्ति को बाँसुरी बजाते सुना और बिल्कुल वैसी ही बाँसुरी बनाई और उसको बजाया। इन्होंने बाँसुरी में बहुत सारी तकनीकियों को विकसित किया और बाँसुरी वाद्य को गायकी की ओर मोड़ा, और इस वाद्य का खूब प्रचार-प्रसार किया।

पण्डित रघुनाथ प्रसन्ना का वैवाहिक जीवन एवं धार्मिक दृष्टिकोण

पण्डित रघुनाथ प्रसन्ना का वैवाहिक जीवन

पण्डित राजेन्द्र प्रसन्ना का कहना है कि पिताजी के विवाह विषय में तो ठीक से जानकारी नहीं परन्तु मेरी माँ की उम्र उस समय लगभग नौ वर्ष रही होगी। तो पिता जी माँ से लगभग 8-10 वर्ष बड़े थे, तो देखा जाए तो पिताजी की उम्र उस समय लगभग 17 या 18 वर्ष रही होगी।"[5]

पण्डित रघुनाथ प्रसन्ना का विवाह श्रीमती सरस्वती देवी से हुआ। आपके तीन पुत्री एवं चार पुत्र थे। सबसे बड़ी बेटी का नाम राधा रानी है। दूसरे पुत्र पण्डित रवि शंकर, जो आकाशवाणी से वायलिन वादक के पद से सेवा निवृत हुए। तीसरे पुत्र पण्डित राजेन्द्र प्रसन्ना है, जिनका नाम बाँसुरी एवं शहनाई में देश ही नहीं अपितु पूरे विश्व में फैला है। पण्डित रघुनाथ प्रसन्ना के चैथे पुत्र राकेश प्रसन्ना थे। राकेश प्रसन्ना उस्ताद अमजद अली खाँ साहब के शागिर्द रहे और सरोद वाद्य की शिक्षा ली। इसके अतिरिक्त राकेश प्रसन्ना त्रिपुरा बाँसुरी भी बहुत अच्छा बजाते थे। आपकी 2014 में मृत्यु हो गई। इनसे एक छोटी बेटी थी जिसका नाम रुकमणी देवी था। 2021 में इनकी भी मृत्यु हो गई। इनसे छोटी एक और पुत्री विजयलक्ष्मी थी, जो बनारस में रहती है। सबसे छोटे पुत्र का नाम ओमकार नाथ प्रसन्ना है जो बाँसुरी वादक हैं।

विवाह होने के पश्चात परिवार की पूरी जिम्मेदारी अब आपके ऊपर आ गई थी। परिवार में एवं अपने भाई-बहनों में भी पण्डित रघुनाथ प्रसन्ना सबसे बड़े थे। भाई-बहनों की तमाम जिम्मेदारियों का निर्वहन भी आपने किया। आपके परिवार की आर्थिक स्थिति इतनी अच्छी नही थी, क्योंकि पूरे परिवार में कमाने वाले सिर्फ आप ही थे। "पिताजी मुम्बई में इन दिनों फिल्मों व रिकार्डिंग में शहनाई एवं बाँसुरी बजाकर जो कुछ पैसे कमाते उन्हें बनारस भेज देते थे। किन्तु घर के खर्चे उससे पूरे नहीं हो पाते थे।"[6] इसलिए आपके पुत्र राजेन्द्र प्रसन्ना, जब मात्र 6 वर्ष की छोटी आयु में थे, तो इन्होंने भी खानदानी शहनाई वादन की परम्परा को अपनाकर शादी, विवाह, बारात व अन्य कार्यक्रमों में शहनाई बजाने का कार्य शुरु किया। वहाँ से जो कुछ चार या पांच रुपए की कमाई होती, उन पैसों को घर के खर्च में लगा देते।[7]

पण्डित रवि प्रसन्ना

आप पण्डित रघुनाथ प्रसन्ना के सबसे बड़े पुत्र है। संगीत में परम्परा और नवीनता के संगम का प्रतीक रवि प्रसन्ना एक प्रतिष्ठित भारतीय

शास्त्रीय संगीतकार है, रवि प्रसन्ना ने संगीत की शिक्षा अपने पिता पण्डित रघुनाथ प्रसन्ना एवं अपने चाचा पण्डित भोलानाथ प्रसन्ना से प्राप्त की।

(चित्र संख्या: 1.3) - पण्डित रवि प्रसन्ना जी[8]

आप वायलिन वादक के पद पर आकाशवाणी दिल्ली में कार्यरत थे और वर्ष 2014 में आप सेवानिवृत हुए। आपके तीन पुत्र रजत, राजीव एवं रोहित है। आप आकाशवाणी एवं दूरदर्शन के "ए" ग्रेड कलाकार है। आप लगभग पिछले 25 वर्षों से गुरु-शिष्य परम्परा से संगीत की निस्वार्थ शिक्षा प्रदान कर रहे हैं।

पण्डित राजेन्द्र प्रसन्ना

पण्डित राजेन्द्र प्रसन्ना का जन्म 15 अप्रैल, 1956 में वाराणसी, उत्तर प्रदेश में हुआ। पण्डित राजेन्द्र प्रसन्ना रघुनाथ प्रसन्ना के द्वितीय पुत्र थे। इन्होंने अपनी प्रारम्भिक शिक्षा अपने पिता प० रघुनाथ प्रसन्ना एवं चाचा पण्डित भोलानाथ प्रसन्ना से प्राप्त की। आप पण्डित विष्णु प्रसन्ना के पहले गंडाबध शागिर्द बने और शहनाई की तालीम इनसे प्राप्त की। आप देश के उच्चकोटि के बाँसुरी वादकों में शीर्ष स्थान रखते है। आप नेशनल इन्सटियूट आफ ड्रामा नई दिल्ली से बाँसुरी वादक के पद से सेवानिवृत हुए। पण्डित राजेन्द्र प्रसन्ना उस्ताद हफीज़ अहमद

खान, उस्ताद सरफराज हुसैन खान एवं बनारस घराने के गायक ठुमरी सम्राट पण्डित महादेव मिश्र से भी संगीत की शिक्षा प्राप्त की।

(चित्र संख्या: 1.4) - पण्डित राजेन्द्र प्रसाद प्रसन्ना जी[9]

पण्डित राजेन्द्र प्रसन्ना का विवाह 26 वर्ष की आयु में सन् 1981 में श्रीमती शीला प्रसन्ना से हुआ, जो सांगीतिक परिवार से सम्बन्ध रखती है। पण्डित राजेन्द्र प्रसन्ना व शीला जी के तीन सुपुत्र है जो बाँसुरी वादन में खूब नाम कमा रहे है। आपके पुत्र में राजेश प्रसन्ना ऋषभ प्रसन्ना एवं रितेश प्रसन्ना जी है। पुत्र होने के साथ-साथ बाँसुरी की तालीम गुरु-शिष्य परम्परा से पण्डित राजेन्द्र प्रसन्ना से प्राप्त की। पण्डित राजेन्द्र प्रसन्ना की भान्ति बाँसुरी वादन के क्षेत्र में अपने वंश, खानदान का नाम ऊँचा कर रहे है।

श्री राजेश प्रसन्ना

श्री राजेश प्रसन्ना पण्डित राजेन्द्र प्रसन्ना के सबसे बड़े सुपुत्र व शिष्य है। आपकी संगीत शिक्षा पिताजी पण्डित राजेन्द्र प्रसन्ना से हुई। आपने अपने पिता के सामान बाँसुरी वादन में अपने घराने एवं वर्षों से चली आ रही संगीत परम्परा का निवर्हन करके अपने वंश का नाम रोशन कर रहे है।

(चित्र संख्या: 1.5) - श्री राजेश प्रसन्ना जी[10]

राजेश प्रसन्ना बहुत ही उमदा नवयुवक उभरते हुए बाँसुरी वादकों में श्रेष्ठ है। इन्होंने देश-विदेश के अनेकों स्थानों पर अपनी संगीत प्रस्तुतियां दी तथा साथ ही आपने अपने पिताजी के साथ देश-विदेश में सर्वोच्च मंचों पर मंच प्रस्तुतियां दी है।

श्री ऋषभ प्रसन्ना

ऋषभ प्रसन्ना, पण्डित राजेन्द्र प्रसन्ना के मंझले सुपुत्र है। आपकी संगीत शिक्षा छोटी सी आयु में अपने पिताजी से प्रेरित होकर आरम्भ हो गई थी। ऋषभ प्रसन्ना ने संगीत शिक्षा अपने दादा पण्डित रघुनाथ प्रसन्ना, पिता पण्डित राजेन्द्र प्रसन्ना, चाचा रविशंकर प्रसन्ना और राकेश प्रसन्ना से प्राप्त की।

(चित्र संख्या: 1.6) - श्री ऋषभ प्रसन्ना जी[11]

आपने एकल संगीत कार्यक्रम के अलावा, अपने भाईयों राजेश प्रसन्ना एवं रितेश प्रसन्ना के साथ भी प्रस्तुतियां दी है। आपने आस्ट्रेलिया और न्यूजीलैंड में WOMAD Festivals अल्जीरिया में Festivals Internaitonal de la Musique Andalou, लंदन में दरबार फेस्टिवल, पेरिस में यूनेस्को की 75 वर्षगांठ में बाँसुरी वादन किया।

श्री रितेश प्रसन्ना

रितेश प्रसन्ना, पण्डित राजेन्द्र प्रसन्ना के सबसे छोटे बेटे है। रितेश प्रसन्ना ने अपनी बाँसुरी की शिक्षा अपने पिताजी से प्राप्त की। आपको संगीत विरासत में मिला, छोटी सी उम्र में ही रितेश की बाँसुरी पर अच्छी पकड़ हो गई थी।

(चित्र संख्या: 1.7) - श्री रितेश प्रसन्ना जी[12]

प्रतिभाशाली रितेश ने न केवल बनारस घराने की सूक्ष्म बारीकियों को आत्मसात किया, बल्कि आपने फ्रांस, स्विट्जरलैंड, इटली, दक्षिण अफ्रीका, स्लोबेनिया, फिनलैंड कई यूरोपीय और एशियाई देशों में प्रदर्शन किया। आपको सुर-सिंगार संसद मुम्बई द्वारा सुरमणि पुरस्कार की उपाधि से भी सम्मानित किया गया। आपको संगीत साधक सम्मान, दिल्ली में सम्मानित किया गया है।

राजेन्द्र प्रसन्ना जी के मंच प्रदर्शन

पण्डित राजेन्द्र प्रसन्ना ने एडिनबर्ग फेस्टिवल (यू के) सिडनी ओपेरा हाउस, डब्लू ओ एमएडी फेस्टिवल (आस्ट्रेलिया, न्यूजीलैंड) में अपने कार्यक्रम पेश किए। 1997 में आपने अमेरिका, कनाडा और स्विटजरलैंड (यू एन ओ मुख्यालय) में आयोजित भारत की स्वतन्त्रता के स्वर्ण जयंती समारोह के लिए विश्व संगीत समारोह में प्रदर्शन किया। Concert for George in London (Pt. Ravi Shankar Project), opera de Lyon France

पुरस्कार एवं सम्मान

ऑल इंडिया रेड़ियो के टॉप ग्रेड कलाकार

आपको उत्तर प्रदेश संगीत नाटक अकादमी द्वारा बाँसुरी एवं शहनाई वादन के क्षेत्र में पुरस्कार से नवाज़ा गया है।

2004 में 'कॉन्सर्ट फ़ॉर जार्ज' में भागीदारी के लिए ग्रैमी पुरस्कार प्रमाण-पत्र।

सहारा इंडिया द्वारा लाइफटाईम अचीवमेंट पुरस्कार।

संगीत नाटक अकादमी पुरस्कार, आपको हिन्दुस्तानी वाद्ययंत्र शहनाई एवं बाँसुरी के लिए 2017 में प्रदान किया।

पण्डित राकेश प्रसन्ना

पण्डित राकेश प्रसन्ना, रघुनाथ प्रसन्ना जी के तीसरे पुत्र थे। आपने अपने वंशों की चली आ रही संगीत परम्परा को सीखकर संगीत जगत में अपना विशेष योगदान दिया।

(चित्र संख्या: 1.8) - पण्डित राकेश प्रसन्ना जी[13]

बाँसुरी वादन की शिक्षा आपने अपने पिता पण्डित रघुनाथ प्रसन्ना एवं बड़े भाई पण्डित राजेन्द्र प्रसन्ना से प्राप्त की। पण्डित रघुनाथ प्रसन्ना बाँसुरी, शहनाई, वाद्य के अतिरिक्त सरोद वादन किया करते और सरोद वाद्य का अच्छा ज्ञान रखते थे। पिताजी के रियाज़ को देखकर

बचपन से इनको सरोद वाद्य की ओर आकर्षण बढ़ा। पिताजी से सरोद की प्रारम्भिक शिक्षा लेने के पश्चात आपने उस्ताद अमजद अली खां के सानिध्य में सरोद की बारीकियों को सीखा। आप आकाशवाणी दिल्ली में सरोद वादक के पद पर कार्यरत थे।

पण्डित राजेन्द्र प्रसन्ना जी ने बताया कि राकेश प्रसन्ना मुझसे जो छोटे भाई थे, उन्होंने बाँसुरी की दोनों शैलियों को प्रस्तुत किया। उन्होंने कृष्णा एवं त्रिपुरा बाँसुरी को बजाया एवं बाँसुरी बनाने का कौशल भी इनमें बखूबी था। इन्होंने बाँसुरी के छेद को नजदीक बनाने के लिए बहुत-सी तकनीकों की खोज की। वह सर्वश्रेष्ठ सरोद, बाँसुरी एवं त्रिपुरा बाँसुरी वादक एवं गुरु थे। अगस्त 2014 में पण्डित राकेश प्रसन्ना का अकस्मात् निधन हो गया।"

ओमकार प्रसन्ना

आप रघुनाथ प्रसन्ना के चैथे पुत्र थे। आपने संगीत की शिक्षा अपने पिता एवं बड़े भाई से प्राप्त की। आप बाँसुरी वादन की कई सफल मंच प्रस्तुतियां देते रहते हैं।

पण्डित रघुनाथ प्रसन्ना का व्यक्तित्व

पण्डित रघुनाथ प्रसन्ना का व्यक्तित्व बहुत ही सरल तथा शान्त था। आप सदगुणी और अपने संगीत के प्रति समर्पित रहते थे। आपका संगीत एवं व्यक्तित्व एक-दूसरे के पर्याय है। आप गुणवान होकर भी अपनी विद्वता पर गर्व नहीं करते थे, आपका जीवन सादगी एवं उच्च कोटी के विचारों वाला था। "पण्डित रघुनाथ प्रसन्ना के व्यक्तित्व के विषय में बाँसुरी वादक पण्डित सुन्दर लाल गंधर्व ने कहा कि गुरु घर के जितने भी मेरे गुरु थे, वो चाहे परम पूजनीय विष्णु प्रसन्ना, परम पूजनीय भोलानाथ प्रसन्ना या पण्डित रघुनाथ प्रसन्ना हो, जब भी इनके सानिध्य में इन से मिलने का अवसर मिलता तो लगता था कि जैसे कोई दैवीय शक्ति विभूतियाँ साथ हों। वह किसी तरह का दिखावा नहीं करते थे और यदि कोई संगीत विद्यार्थी संगीत सीखने की जिज्ञासा से इनके पास

जाता था तो वो खाली हाथ वापिस नहीं आता था। मेरे नज़रिये से तो जो एक भक्त और भगवान की परिकल्पना करते है वैसे ही हमारे गुरु जन लोग थे। पण्डित रोनू मजूमदार का कहना है कि रघुनाथ प्रसन्ना का स्वभाव या ज्ञान बांटने की जो आदत थी, उसमें उन्होंने कभी ऐसा नहीं देखा की ये मेरा शागिर्द नहीं, वो सबको सिखाते थे, और बनारस में तो इनके घर बहुत से शागिर्द बाँसुरी या शहनाई सीखने जाते थे।

पण्डित राजेन्द्र प्रसन्ना का कहना है कि पिताजी बहुत ही उदार एवं नेक दिल इन्सान थे। अपने शागिर्दों के प्रति विशेष स्नेह रखते थे, साथ ही पिताजी उनकी जरूरतों को भी पूरा करने की कोशिश करते थे। यदि किसी शागिर्द को पैसों या अन्य वस्तु की आवश्यकता होती तो अपने घर से लाकर शागिर्दों को दे देते थे। किसी शागिर्द ने यदि पिताजी से कहा कि मुझे बाँसुरी की आवश्यकता है तो अपनी बाँसुरी उठाकर देते थे।

पण्डित रघुनाथ प्रसन्ना जितने महान् कलाकार थे उतने ही सरल एवं सहज व्यक्ति थे। आपका ध्यान हमेशा संगीत में ही केन्द्रित रहता था। आप बाहरी आडम्बरों से सदैव दूर रहते थे। आपने जीवन की मूलभूत आवश्यकताएं अवश्य पूरी की परन्तु दिखावे से सदैव दूर रहते थे। आपका जीवन हमेशा "सादा जीवन-उच्च विचारों" वाला रहा। आपका एवं आपके परिवार का रहन-सहन हमेशा सादगी से पूर्ण रहा। पण्डित रघुनाथ प्रसन्ना सर्वश्रेष्ठ बाँसुरी एवं शहनाई वादक होने के साथ एक साधक, चिन्तक, मार्गदर्शक एवं श्रेष्ठ गुरु भी थे। आप में कलात्मक महानताओं के साथ दूरदर्शिता, निडरता, कठिन परिश्रम, सहायक व्यवहार, दृढ़ संकल्प आदि गुणों के धनी थे।

पण्डित रघुनाथ प्रसन्ना जी का जीवन सद्भावी एवं सहायक व्यवहार होने के कारण कलाकारों, आमजन एवं परिवार में सदैव गरिमापूर्ण एवं प्रिय रहा। आप वास्तव में एक महान् कलाकार एवं प्रतिभावान व्यक्तित्व रहे। आपने अत्यधिक सम्मानीय तथा सर्वश्रेष्ठ कलाकार होने के बाद भी सदैव, सरल एवं सादगी पूर्ण जीवन व्यतीत किया। आप हमेशा धर्म एवं संगीत के मार्ग पर प्रशस्त रहे।

1 अक्तूबर 1998 को दशहरे वाले दिन पिता जी गिर गए, जिस कारण उनको पेरालाइसज हो गया और लगभग आठ महीने तक बैड पर ही रहे। राजेन्द्र प्रसन्ना जी बताते है कि संगीत के प्रति उनका लगाव इस कदर था कि जब वो बैड पर थे कुछ बोल नहीं पाते थे और न ही कुछ कर पाते थे। उनकी यादाश्त, आँखें और कान काम करते थे। तो मैंने सोचा क्यों न इनके सामने मैं बाँसुरी बजाऊं, तो जब मैं बाँसुरी पर कुछ खराब बजाता तो इशारों से बताते थे कि ठीक नहीं और कुछ अच्छा बजाता तो बहुत खुश होते। संगीत के प्रति उनका ये लगाव अंतिम सांस तक रहा।

6 जून 1999 को पिता जी इस नश्वर शरीर को त्याग कर पंचतत्व में विलीन हो गए, लेकिन संगीत से जुड़े उनके शागिर्द या उनके बच्चों पर पिता जी का आशीर्वाद सदैव रहेगा। यदि हम कुछ आज अच्छा कर रहे होंगें तो पिताजी हमें आशीर्वाद देते होंगें एवं हम सब जो भी संगीत की सेवा कर रहे, सब को देख कर खुश होते होंगे।

रघुनाथ प्रसन्ना का धार्मिक दृष्टिकोण

पण्डित रघुनाथ प्रसन्ना का सम्बन्ध भोलेनाथ की पवित्र काशी नगरी से रहा था। बाँसुरी वाद्य की ओर जो पण्डित जी का झुकाव था, उसके पीछे वह भगवान शंकर का आशीर्वाद मानते थे। आजीविका शादी, विवाह एवं मांगलिक कार्य में शहनाई वादन से जो पैसा इकट्ठा होता था, उसको साल भर, घर के खर्च में प्रयोग लाया जाता था। खानदान में बहुत से ऐसे भी कलाकार थे जो राज दरबारों में शहनाई बजाकर धन कमाते, वे सब भी अपनी कमाई को घर भेजते थे। जितना भी पैसा इकट्ठा होता उसमें से कुछ हिस्सा घर को चलाने में तथा कुछ धार्मिक अनुष्ठान के लिए रखा जाता था और साल में एक या दो बार भगवान की कथाओं का आयोजन किया जाता था।

पण्डित रघुनाथ प्रसन्ना अपने संगीत को पूजा मानते थे। आप सभी धर्मों को एक समान देखते थे। आपका मानना था कि संगीत का कोई धर्म, कोई जाति, कोई समुदाय विशेष नहीं होता। सच्चा कलाकार हर

जाति, धर्म के नाम से परे होता है। कलाकार केवल आशीर्वाद का भूखा होता है। इसी से कलाकार को सफलता प्राप्त होती है।

सन्दर्भ सूची -

1 @shivpreetmusic

2 पण्डित राजेन्द्र प्रसन्ना द्वारा प्राप्त चित्र

3 पण्डित राजेन्द्र प्रसन्ना, वार्ता, दिल्ली, 23 अक्टूबर 2021

4 पण्डित राजेन्द्र प्रसन्ना, वार्ता, दिल्ली, 23 अक्टूबर 2021

5 पण्डित राजेन्द्र प्रसन्ना, वार्ता, दिल्ली, 23 अक्टूबर 2021

6 खुशीराम. (2018). पण्डित राजेन्द्र प्रसन्ना का व्यक्तित्व एवं कृतित्व. हिमाचल प्रदेश: विश्वविद्यालय, पृ० 11, 12

7 वही

8 http://hobbycue.com

9 पण्डित राजेन्द्र प्रसन्ना के साथ लेखक

10 ibb.in

11 rishab.parsanna

12 https://www.riteshprasanna.com

13 https://www.riteshprasanna.com

2

पं. रघुनाथ प्रसन्ना का घराना

बनारस दक्षिण पूर्वी उतर प्रदेश में गंगा नदी के बाएं तट पर स्थित हिन्दुओं के सात पवित्र नगरों में से एक है। वाराणसी कहिये, बनारस कहिये या कहिये काशी। यह नगरी मंदिरों और घाटों का प्राचीनतम बसा हुआ नगर है। सर्व कला की राजधानी काशी में विद्या की साधना हमेशा से जीवन पर्यन्त चलती आ रही है। हज़ारों वर्षों से उत्तर भारत का धार्मिक एवं सांस्कृतिक केन्द्र रहा है वाराणसी। प्राचीन काल से ही संस्कृत की शिक्षा, मोक्ष प्राप्ति तथा संगीत शिक्षण के लिए दूर-दूर से लोग वाराणसी आने के लिए उत्सुक रहा करते थे। काशी का सुन्दर वनीय परिवेश एवं सभी विधाओं के ज्ञाता बाबा काशी विश्वनाथ, सभी साधु-संतों के लिए आकर्षण का केन्द्र वर्षों से रहा है। भारत में वाराणसी का अपना एक अनूठा स्थान है। यहाँ का मुख्य आकर्षण गंगा नदी है। भारतीयों की जन-मानसिकता पर गंगा के आध्यात्मिक प्रभाव और इसकी रहस्यात्मकता को नकारा नहीं जा सकता।

भारत के कई दार्शनिक, कवि, लेखक, संगीतज्ञ वाराणसी में रहे। "जैन धर्म के संस्थापक भगवान महावीर के अनुयायी भी हिन्दू परम्परा के अनुसार बनारस को तीर्थ स्थल मानते है। ईसा पूर्व आठवीं शताब्दी में उनके तेईसवें तीर्थकर (प्रबुद्ध हुए) पाश्र्वनाथ का जन्म बनारस में हुआ था।[1] गोस्वामी तुलसीदास ने हिन्दू धर्म का पवित्र ग्रन्थ रामचरित मानस यहीं लिखा था, और महात्मा गौतम बुद्ध ने अपना प्रथम प्रवचन यहीं निकट ही सारनाथ के हिरण पार्क में दिया।

प्राचीन काल से वरुणा एवं असि नदी के मध्य बसा होने के कारण इसका नाम "वाराणसी" पड़ा। रामायण, महाभारत जैसे अनेक ग्रन्थों में यहाँ तक की वेदों में भी काशी का उल्लेख मिलता है। इसी वाराणसी

को अविमुक्त आनंद वन, रुद्रावास अंत में बनारस नाम से ख्याति मिली।
2

वाराणसी का मूल नगर काशी था। पौराणिक कथानुसार काशी नगर की स्थापना हिन्दु भगवान शिव ने लगभग 5000 पूर्व की थी।[3] वाराणसी की परम्पराएं एवं यहाँ की धार्मिक संस्कृति का रिश्ता पवित्र गंगा नदी से रहा है। कुछ इतिहासकारों के अनुसार काशी का नाम राजा काशी के नाम पर पड़ा। ऐतिहासिक रूप से काशी का वर्णन स्कंद पुराण के 'काशीखण्ड' और 'ब्रह्मवैवर्त पुराण' में 'काशी रहस्य' के रूप में ईसा पूर्व तीसरी शताब्दी में मिलता है।

गंगा के किनारे स्थित, वाराणसी जिसे बनारस कहा जाता है, वाराणसी संगीत के क्षेत्र में भी सदा अग्रणी रहा। बनारस की संस्कृति एवं यहाँ की संगीत परम्परा भी इसी नगर के इतिहास जैसी प्राचीन रही। बनारस की संगीत परम्परा का समय प्राचीन काल से निरन्तर चला आ रहा है और इसका सम्बन्ध संस्कृत की नाट्य परम्परा से भी रहा है। सभी शास्त्रों के समान बनारस में संगीत को भी गुरु-शिष्य परम्परा से भी सुरक्षित रखा है। संगीतमय वातावरण के साथ इस नगर की सादगी एवं सरलता से काशी नगरी का कण-कण सराबोर हुआ, इसलिए इसका नाम शायद रसवर्षिनी अर्थात् बनारस प्रचलित हो गया।

घराना शब्द का अर्थ एवं बनारस घराने का परिचय

हिन्दुस्तानी शास्त्रीय संगीत विश्व के अन्य देशों के संगीत से भिन्न एवं सर्वोच्च है। इसका कारण यह है कि भारतीय संगीत की अपनी विशिष्ट विशेषताएं जो संसार के किसी अन्य संगीत में नहीं पाई जाती है, विश्वभर में प्रत्येक देश की अपनी-अपनी संगीत शैली एवं अपनी विशेषता होती है और यही विशेषताएँ उस संगीत का आधार बनती है। भारतीय शास्त्रीय संगीत की प्रमुख विशेषता इसकी रागदारी एवं रागों की रचना है। इस संगीत की दूसरी विशेषता यह है कि शास्त्रीय संगीत का शिक्षण केवल स्वर-लिपि द्वारा सम्भव नहीं बल्कि शास्त्रीय संगीत को सीखने के लिए आवश्यक है कि शिष्य अपने गुरु के सम्मुख बैठकर

अभ्यास द्वारा संगीत का अध्ययन कर सके तथा उसमें पारंगत हो सके। हिन्दुस्तानी संगीत को जीवन्त रखने का श्रेय उन परम्पराओं को ही प्राप्त है जो वर्षों से गुरु-शिष्य परम्परा के रूप में चली आ रही है।

शास्त्रीय संगीत की शिक्षा गुरु-शिष्य परम्परा द्वारा ही संभव है। अतः संगीत में घराना पद्धति एक सशक्त सुदृढ़ गुरु-शिष्य परम्परा की ओर संकेत करती है। जिसने पीढ़ी दर पीढ़ी चली आ रही घराना परम्परा को जन्म दिया। कुशल संगीतज्ञ अपने शिष्य को निस्वार्थ भाव एवं लगन से विद्या प्रदान करता है और शिष्य भी अपने गुरुजनों से ईमानदारी तथा श्रद्धा से संगीत शिक्षा ग्रहण करते हैं।

घराना शब्द का अर्थ एवं परिभाषा

भारतीय शास्त्रीय संगीत जगत् में घराना शब्द का विशेष स्थान है। संगीत में घराना अर्थात् संगीत की सौंदर्य प्रणाली की अत्यंत महत्वपूर्ण भूमिका रही है। साधारण रूप से घराना शब्द का अर्थ है- वर्ग, सम्प्रदाय, परिवार, कुटुम्ब परम्परा आदि। जबकि व्यावहारिक अर्थ है- रीति पद्धति, स्टाईल आदि। लेकिन शाब्दिक अर्थ के रूप में घर शब्द का अर्थ है- वंश और घराना।[4]

साधारण शब्दों में घराना शब्द का अर्थ होता है, शताब्दियों से चली आ रही पुरानी परम्परा, लेकिन शाब्दिक अर्थ के रूप में 'घर' शब्द का अर्थ है- वंश और घराना शब्द का अर्थ- वंश वैशिष्ट्य। घराने में षिष्य, गुरु-शिष्य परम्परा या पिता-पुत्र परम्परा के अन्तर्गत ज्ञान प्राप्त करता है और अपने गुरु की शैली को अपनाता है। एक ही शैली से गायन वादन करने वालों को एक ही घराने का कहा जाता है।

घराना पद्धति का प्रादुर्भाव या आरम्भ कब और कैसे हुआ? इसके बारे में शरण शर्मा ने लिखा है कि "भारतीय संगीतज्ञ अपने संगीत ज्ञान को इतना छिपाकर रखते थे कि वे किसी अन्य जाति वालों को तो क्या अपनी जाति वालों तक को बताने में संकोच करते थे। यह संकीर्णता यहाँ तक बढ़ी कि वे संगीत के ग्रन्थ भी नहीं लिखते थे। उनका संगीत

पीढ़ी दर पीढ़ी चलता था। यदि वे निःस्तान होते तो उनका संगीत भी उन्ही के साथ समाप्त हो जाता था। इस संकीर्ण मनोवृति के फलस्वरुप संगीत क्षेत्र में घराने की नीव पड़ गई।

घराना परम्परा के गुण एवं विशेषताएँ

जिस प्रकार प्रत्येक घर में घर के बड़े लोगों एवं घर के बुजुर्गों द्वारा घर में रहने के लिए कुछ नियम, कायदे एवं परम्पराएं बनाई होती थी, उसी प्रकार संगीत में अपने घरानें में कलाकार गुरुओं द्वारा घराने के कुछ विशेष, नियम, कायदे, परम्पराओं व्यवहार एवं आचरण को वंश परम्पराओं के समान दिया जा रहा था। साथ ही गुरुओं के द्वारा शिष्य को संगीत के मूल सिद्धान्तों एवं संगीत की मर्यादा का पालन करना अत्यन्त दृढ़ता से सिखाया जाता था। घराने में गुरु कठिन परिश्रम एवं सुयोग्य और सुपात्र शिष्य का अनुमान लगाकर संगीत शिक्षा प्रदान करता था। गुरु और शिष्य के रिश्ते को बहुत ही पवित्र माना जाता था। प्रत्येक शिष्य अपने गुरु के प्रति निष्ठावान रह कर संगीत शिक्षा अर्पित किया करते थे। वहीं गुरु भी अपने शिष्य के प्रति स्नेह एवं पुत्र जैसा व्यवहार रखता था। घरानेदार परम्परा के अन्तर्गत गुरु अपनी लगन एवं साधना से बनाई हुई गायन एवं वादन कला को शिष्य के माध्यम से शिष्य को तालीम देने में प्रत्यनशील रहता था। गुरु अपने शिष्य को निःशुल्क एवं निस्वार्थ भाव से संगीत की शिक्षा प्रदान करता था। शिक्षा पूर्ण होने पर शिष्य अपनी श्रद्धा अनुसार गुरु दक्षिणा देता था। शिष्य को शिक्षा प्राप्ति के पश्चात गुरु संग ही अपनी कला प्रदर्शन का मौका मिलता रहता था। घराना पद्धति ने परम्परा और मर्यादा के आधार पर प्रत्येक विद्यार्थी को स्वतंत्र अस्तित्व देने का प्रयास किया।

बनारस घराने का परिचय

भारतीय शास्त्रीय संगीत में बनारस घराने का योगदान अतुलनीय है। बनारस घराने में संगीत के तीनों विधाएं गायन, वादन और नृत्य का समावेश देखने को मिलता है। सोलहवीं, सत्रवहीं शताब्दी से लेकर

आज से चालीस-पचास वर्ष पूर्व तक बनारस के संगीतज्ञों के व्यक्तित्व का जो परिचय प्रस्तुत हुआ है, वह बनारस के सभी संगीत विधाओं के गुणीजनों में समान रूप से बना रहा। बनारस घराना शास्त्रीय गायन शैलियों का भण्डार है, यहाँ विभिन्न शैलियों जैसे शास्त्रीय, उप शास्त्रीय, लोक संगीत और सुगम संगीत समाहित है। बनारस की संगीत परम्परा का एक महत्वपूर्ण पक्ष यह भी है कि बनारस के कलाकारों का एक ही धर्म था, संगीत और कला। बनारस को विश्व में सांस्कृतिक नगरी, धर्म एवं अध्यात्म के लिए जाना जाता है। कहा जाता है कि यहाँ की प्रत्येक गलियाँ अपना एक अलग स्थान, अलग नज़रिया रखती है। यहाँ के मंदिरों और घाटों पर बनारस के बहुत सारे कलाकार रियाज़ किया करते हैं। बनारस की गलियों, घरों में तो संगीत बसता ही है लेकिन यहाँ की मिट्टी में भी संगीत समाया हुआ है।

बनारस के आस-पास जितने भी प्राचीन मंदिर या यहाँ के बड़े-बड़े अमीर लोग होते थे उनके घर का एक बड़ा हिस्सा होता था, जिसे नौबत खाना कहा जाता था। इन नौबत खानों में सुबह से लेकर शाम तक चार वक्त रसन चैकी बजती थी। ये रसन चैकी धनी लोगों के घरों में और मंदिरों में भी बजती थी। अगर आज भी बनारस के मंदिरों में जाएंगे और वहां के वास्तुकला को देखेगें या पुराने राजाओं के महलों को देखें तो गेट के एक हिस्से मे जो खुले बरामदे की भान्ति होता था, वहां पर शहनाई वादक रोजाना सुबह से शाम तक शहनाई वादन किया करते थे। यही कारण था कि बनारस में जो भेलूपूरा, गौरीगंज का इलाका था, ये सारा इलाका बनारस घराने की शहनाई एवं बाँसुरी का गढ़ हुआ करता था। "सुप्रसिद्ध सितार वादक पद्मश्री शिवनाथ मिश्र बनारसी जो एक बुजुर्ग कलाकार है, उन्होंने बताया किया बनारस के हर कलाकार में संगीत रचा बसा हुआ था, और कहते हैं कि बनारस में पहले हम जिस भी गली से निकलते थे सिर्फ और सिर्फ संगीत सुनाई देता था। हमारे घर के पास ही कबीर चौरा है जहां पर एक से एक बड़े कलाकार रहते थे और अपना रियाज करते थे। कबीर चौरा में पण्डित किशन महाराज, गुदई महाराज,

सितारा देवी, गोपी किशन और पास में ही भारत रत्न पण्डित रविशंकर रहते थे।"[5]

पण्डित अनोखे लाल रामापूरा में रहते थे हम उस समय बहुत छोटे हुआ करते थे तो उनके पास जाते थे वो अठारह घण्टे रियाज किया करते थे। प्रसन्ना परिवार यहीं पास में भेलूपूरा में रहता था, जब भी भेलूपूरा में उनके घर के आस-पास से जाया करते थे, तब वहां से भी शहनाई और बाँसुरी के रियाज की आवाज़े अक्सर सुनने को मिलती थी। वर्तमान समय के बारे में भी पण्डित शिवनाथ मिश्रा बताते है कि जैसा संगीतमय माहौल पहले था, अब वो वातावरण नहीं रहा, इसका कारण वे ये बताते हैं कि बहुत से पुराने बनारस के कलाकार नहीं रहे, बुजुर्ग कलाकार भी कम ही बचे हैं। यहाँ पर जो नौजवान कलाकार है, वो अपनी अजीविका कमाने बड़े-बड़े शहरों दिल्ली, मुम्बई या देश के अन्य शहरों में चले गए हैं। जो गलियों से संगीत की लय और धुने पहले सुनाई देती थी अब वो समाप्त हो चुकी है।[6]

16वीं॰, 17वीं॰ शताब्दी से लेकर आज से 40-50 वर्ष पूर्व तक बनारस के संगीतज्ञों के व्यक्तित्व का जो परिचय प्रस्तुत हुआ था वह बनारस के सभी संगीत विधाओं के गुणीजनों में समान रूप से दिखाई पड़ता है। बनारस में इन्हीं के कुछ अलग-अलग समूह बने या उनको घराने के रूप में देखा जाता है।

1.कबीर चौरा

2.पियरी

3.तेलियाबाग

4.चाहमहमा

5.रामपुरा

कबीर चौरा

वाराणसी धर्म, संस्कृति या यूं कहिए की यह सभ्यता के साथ संगीत का भी पुरातन शहर रहा और बनारस घराना पूरे विश्व में अपनी एक अलग पहचान रखता है। इस घराने की नीव या गायन, वादन या नृत्य तीनों

विधाओं में पुरस्कार पाने वाले कलाकारों की लम्बी सूची बनारस की इन्ही गलियों से तैयार हुई। ऐसी ही गलियों का एक मोहल्ला है, बनारस का कबीर चौरा। कबीर दास इन्हीं गलियों में निवास करते थे, इसलिए इस इलाके को 'कबीर चौरा' नाम से जाना जाने लगा। इसके अतिरिक्त इन गलियों में संगीत से भी इसको पहचाना जाता था। कबीर चौरा को बनारस में पद्म पुरस्कारों वाली गली भी कहा जाता है क्योंकि यहाँ एक या दो नहीं बल्कि दर्जनों ऐसे कलाकार है, जिन्होंने पद्म पुरस्कार प्राप्त करके बनारस को विश्व पटल पर एक अलग मुकाम पर पहुंचाया है।

संगीत जगत में स्वर्गीय पण्डित बड़े रामदास मिश्र या बनारस घराने के तबला प्रवर्तक स्वर्गीय पण्डित राम सहाय या कुछ ऐसे पुरातन बुजुर्ग कलाकार जो कबीर चौरा मोहल्ले की इन गलियों में रहकर संगीत साधना तथा अपने शागिर्दों को संगीत की तालीम दिया करते थे। कबीर चौरा से ही विश्व को पण्डित कंठे महाराज (तबला), पण्डित अनोखेलाल (तबला), पण्डित शांता प्रसाद मिश्रा (तबला), पण्डित किशन महाराज (तबला) पण्डित हरिशंकर मिश्रा, पण्डित शारदा सहाय (तबला), गिरिजा देवी (गायिका), सितारा देवी (गायिका), गोपीकृष्ण (नृत्य), पण्डित राजन साजन मिश्र (गायक), पण्डित रामू मिश्र, पण्डित गणेश प्रसाद मिश्र, पण्डित जमुना प्रसाद मिश्र, पण्डित गोवर्धन मिश्रा, पण्डित पूरण महाराज के अतिरिक्त न जाने कितने और कलाकार संगीत जगत को दिए। इनके अतिरिक्त यहाँ गायक, तबला वादक, सारंगी वादक, सितार वादक, नर्तक और संगीत विधाओं के बड़े-बड़े नामचीन कलाकार और गुरुओं ने जन्म लिया।

कबीर चौरा घराने की विशेषता

बनारस के कबीर चौरा में जब सूरज ढ़लता तो यहाँ की संकरी गलियों से तबला वादन, सांरगी, गायन में आलाप की आवाज से गूंज सुनाई पड़ती थी। घराने को चारपट की गायकी के लिए विशेष रूप से जाना जाता, ख्याल अंग में शहनाई वादन, गायन में बनारसी अंग का अंदाज, बनारस की मुख्य चीज़ों से कंजरी, चैती, होरी, टप्पा, ठुमरी

आदि को विशेष रूप से गाया बजाया जाता था। इस घराने में गुरु-शिष्य परम्परा से संगीत शिक्षा प्रदान की जाती थी। कबीर चौरा में दर्जनों ऐसे कलाकार थे जिन्हे पद्म पुरस्कारों से नवाजा गया, यही क्रम वर्तमान में भी जारी है।

पियरी घराना- बनारस के संगीत घरानों में पियरी घराना सबसे प्राचीन एवं समृद्ध घराना रहा। गायन, वादन, नृत्य में इस घराने में बहुत से कलाकारों तथा साथ ही बनारस के संगीत को सर्वोच्च शिखर पर पहुँचाया।

पियरी घराना विशेष रूप से वृन्दावन के प्रसिद्ध संत संगीतज्ञ राधावल्लभ सम्प्रदाय के संस्थापक स्वामी हित हरिवंश से संबंधित रहा है। स्वामी हित हरिवंश अष्टछाप के सूरदास के समकालीन थे। "बनारस के पियरी घराने के पूर्वज उसी काल के स्वामी हितहरिवंश और महाप्रभु वल्लभाचार्य पूज्य चरण की परम्परा से जुड़े है।"[7]

पियरी घराने के प्रमुख कलाकार है - ठाकुर दयाल और इनके तीन पुत्र मनोहर मिश्र, हरिप्रसाद मिश्र और विश्वेश्वर मिश्र। मनोहर मिश्र के पुत्र रामकुमार मिश्र एवं पौत्र लक्ष्मी दास मिश्र (वीणावादक) थे। बनारस के पियरी घराने से संबंध रखने वाले कलाकार पण्डित शिव सहाय, पण्डित रामसेवक मिश्र, पशुपति सेवक, शिव सेवक और इनके पुत्र पण्डित रामकृष्ण सेवक, पण्डित भवानी सेवक और पण्डित विष्णु सेवक, यह घराना संगीत घराने से ही विकसित होकर बनारस घराना बना।

पियरी घराने की विशेषता

गायन के सभी अंग धुरपद, धमार, ख्याल, टप्पा, ठुमरी, होली, चैती, कजरी अनेक विधाओं में प्रवीण तो थे ही, साथ अन्य वाद्यों जैसे तंत्री वाद्य, अवनद्ध वाद्य के साथ नृत्य में भी प्रवीण थे। सभी संगीतज्ञों ने देश में ख्याति अर्जित की।

चारों अंग की गायकी के साथ आलाचारी में भाव प्रधानता, स्वर लय पर समान रूप से अधिकार तानों में स्पष्ट उच्चारण के साथ तैयारी

पर विशेष ध्यान दिया जाता था। बोलबांट एवं बोलबनाव दोनों तरह की ठुमरी में सिद्धस्त कलाकार है।

तेलियाबाग और शिवाला घराना-

बनारस के अन्दर ही लगभग सात घरानों में सबसे बाद का शिवाला और तेलियाबाग स्थित घराना है। यह माना जाता है कि यह घराना मुगल सल्तनत काल में शहजादों के साथ बनारस आये दरबारी संगीतज्ञयों का है, जिसे लगभग 150 वर्ष भी नहीं हुए।

तेलियाबाग और शिवाल घराने की विशेषता -

इस घराने की गायन शैली में बनारसी अंग की विशेषताएँ प्रकट होती है। ध्रुपद, धमार की गायकी होने के कारण खुली आवाज का गायन, ध्रुपद अंग का गायन तथा आलाप एवं तानों का निराला ढंग प्रयोग किया जाता है। इस घराने में गमक एवं बोल तानों का विशेष महत्व एवं प्रयोग किया जाता था। बनारसी अंग की ठुमरी, होरी, कजरी, चैती का गायन इस घराने की मुख्य विशेषता रही है।

चाहमामा (चाहमहमा) घराना-

इस घराने में चारों अंगों की गायकी के उस्ताद और भिन्न-भिन्न वाद्यों यंत्रों के उस्ताद अनेकानेक थे। डॉ. वन माला पर्वतकर इस घराने के विषय में लिखती है कि बहुत खोजने पर भी इनकी प्राचीन वंशावली नहीं मिलती है। यत्र-तत्र कुछ उस्तादों का नामोल्लेख मिल जाता है। आशिक खाँ (गायक) तज्जू खाँ, चन्दा खाँ, सिकन्दर अली खाँ (शहनाई वादक) रजा अली (बीनकार, सितारियां और गायक) शम्भू (रसूल के उस्ताद) मकदूम बख्श, काशीराम किन्नर, अब्दुल रहमान (बीनकार), फतेह अली (तबला) संप्रति दो संगीतकार चाँद खाँ (वृद्ध सारगी वादक), पुत्र मेहताब (हार्मोनियम वादक)।

चाहमामा (चाहमहमा) घराने की विशेषता -

इस घराने की वंशावली नहीं मिलती है लेकिन इस घराने में बनारस के चारों अंगों की गायकी के कलाकार मिलते हैं। गायन के साथ-साथ

इस घराने में अन्य वाद्यों यंत्रों के कलाकार है जिनमें शहनाई वादक बीनकार, सितार वादक, सारंगी एवं हारमोनियम वादक प्रमुख थे।

रामापुरा घराना-

इलाहाबाद निवासी द्वारिका प्रसाद मिश्र का परिवार 125-150 वर्षों बनारस के रामापुरा स्थान पर बसे। पीढ़ियों से गाने-बजाने से जुड़े इनके दो पुत्र बद्री प्रसाद मिश्र एवं इनके दुसरे पुत्र महादेव प्रसाद मिश्र थे, महादेव मिश्र तबला वादन के साथ-साथ बहुमुखी प्रतिभा के संगीतज्ञ थे। पण्डित महादेव मिश्रा ने तबला वादन की शिक्षा अपने पिता द्वारिका प्रसाद मिश्र से एंव गायन की शिक्षा आपने बनारस के महान कलाकार गायन बड़े रामदास से प्राप्त की। पण्डित महादेव प्रसाद मिश्र के शिष्य में शहनाई, बाँसुरी, सितार, तबला और गायन के ख्याति प्राप्त संगीतज्ञ प्रमुख थे।

पण्डित महादेव प्रसाद मिश्र धुरपद-धमार एवं ख्याल गायकी के साथ ठुमरी, दादरा, कजरी, चैती, होली और बनारस के लोकगीतों के संगीतज्ञ के रूप में ख्याति प्राप्त की। बनारस घराने की विशेषता थी कि यहाँ के कलाकार अपने बच्चों को संगीत सीखने के लिए बनारस के किसी भी कलाकार के पास भेजते थे। पण्डित शिवनाथ मिश्र ने बताया कि मेरी उम्र उस समय बहुत कम थी, जब पण्डित गौरी शंकर अपने घर के बच्चों को मेरे चाचा पण्डित महादेव प्रसाद मिश्रा के पास गायन की तालीम के लिए लाए थे, पण्डित भोलानाथ प्रसन्ना, (बाँसुरी) पण्डित अनन्त लाल एवं विष्णु प्रसन्ना ने पण्डित महादेव प्रसाद से गायन की शिक्षा प्राप्त की।

भारतीय संगीत में घरानों का अपना-अपना अस्तित्व है, उतर भारतीय संगीत में घराना परम्परा से गायन, वादन किया जाता है। प्रत्येक कलाकार अपने घराने की महता पर जोर देते हैं। बनारस में जितने भी कलाकार हुए, वो चाहे गायन, वादन या नृत्य के किसी भी विधा से जुड़े, चाहे प्रत्येक कलाकार की अपनी-अपनी वंश परम्परा है लेकिन सभी कलाकार बनारस घराने का प्रतिनिधित्व करते हैं। बनारस में सभी

कलाकार एक-दुसरे का आदर सत्कार करते हैं। पुराने समय में लगभग आज से 40-50 साल पहले बनारस में चैती सम्मेलन हुआ करता था, जिसे गुलाब बाड़ी कहा जाता था। इस गुलाब बाड़ी में कलाकारों के एक बड़े समूह द्वारा चैती गायन किया जाता था। प्रत्येक गायक अपने-अपने अन्दाज से, बोल बनाव से चैती का गायन किया करते थे। साथ बहुत से साजिन्दे संगतकार के रूप में गायन के साथ संगत करते थे। उस गुलाबबाड़ी में शहनाई वादक उस्ताद बिस्मिल्लाह खां, सारंगी वाद्य पर पंण्डित नारायण मिश्र एवं बच्चा मिश्र, तबले पर पण्डित किशन महाराज और अन्य कलाकार सम्मिलित होते थे।

बनारस के घरानों के विषय में अध्ययन से पता चलता है कि बनारस ने भारतीय संगीत जगत को बहुत से कलाकार दिये हैं। तबला वादन के क्षेत्र में संगीतज्ञों की परम्परा में तबले का एक नवीन बाज प्रतिष्ठित हुआ, जिसका श्रेय पण्डित रामसहाय को जाता है। पण्डित रामसहाय ने लखनऊ, पंजाब और बनारस के तबले के बाज को अपनी एक नवीन शैली में ढालकर बनारस में तबले का एक नवीन घराना स्थापित किया। पण्डित रामसहाय के अतिरिक्त बनारस में कण्ठ महाराज, पण्डित अनोखे लाल मिश्र, पण्डित बलदेव सहाय, एवं बनारस घराने में तबला वाद्य को मंच एवं प्रतिष्ठित स्थान प्रदान करने वाले पण्डित किशन महाराज, जिन्होंने तबले के नवीनतम रूप को मचों से प्रदर्शित किया।

(चित्र संख्या: 2.1) - पण्डित बड़े रामदास जी गायनाचार्य[8]

गायन के क्षेत्र में बनारस घराना विश्व भर में प्रसिद्ध रहा है। माना जाता है कि प्रत्येक वाद्य कलाकार अपने वाद्य को सीखने से पहले गायन सीखता है जब गायन शिक्षा पूर्ण हो जाती है तब अपने वाद्य को सीखना आरम्भ करते थे, इसलिए बनारस से संबंध रखने वाले वाद्य कलाकारों के वादन में गायकी अंग साफ और स्पष्ट दिखाई पड़ता है। बनारस घराना गायकी अंग प्रधान रहा है, अतः बनारस में बहुत ही महान गायक हुए जिन में पण्डित बड़े राम दास, पण्डित छोटे राम दास, दाऊ मिश्र एवं पण्डित महादेव मिश्र।

गायनाचार्य पण्डित रामदास मिश्र- आपका जन्म 23 जनवरी, 1877 को श्री शिवनन्दन मिश्र के घर काशी में हुआ। आपकी संगीत की शिक्षा अपने ससुर 'जयकरण मिश्र' से हुई जो बेतिया घराने की धुरपद परम्परा के मूर्धन्य विद्वान गायक थे। पण्डित रामदास ने चार पाँच सौ ध्रुपद-धमार की बंदिशें ख्याल, टपख्याल, टप्पा, होरी एवं विभिन्न प्रचलित-अप्रचलित रागों एवं तालों की अनूठी बन्दिशों को सीखा और कंठस्थ किया।[9] आप काशी के चारों पट की गायकी में पूर्ण दक्ष थे। "आप अपने सभी पदों और रचनाओं में 'रामदास के मोहन प्यारे अथवा रामदास के गोविन्द स्वामी' अवश्य प्रयोग करते थे।[10] आपकी शिष्य परम्परा बहुत ही प्रतिष्ठित थी। आपने संगीत जगत को बहुत से संगीतज्ञ प्रदान किए जो बनारस की गायन परम्पराओं का निर्वहन कर रहे है। 83 वर्ष की आयु में 11 जनवरी, 1960 को आपकी काशी नगरी में मृत्यु हो गई।

पण्डित छोटे राम दास- पण्डित छोटे राम दास मिश्र का जन्म काशी में सन् 1889-90 ई० में श्री कन्हैया मिश्र के घर पर हुआ। आपके पिता महाराजा मान्डा श्री राम प्रताप सिंह के दरबारी कलारत्न थे। आपने विभिन्न वाद्य यंत्रों की शिक्षा अपने नाना, संगीत के मूर्धन्य विद्वान पण्डित ठाकुर प्रसाद मिश्र से प्राप्त की। आपने पियरी की भरपूर तालीम, ठाकुर प्रसाद मिश्र तथा पण्डित राम सेवक मिश्र से ली। दिलबहार, सितार बीन की शिक्षा पण्डित लक्ष्मी दास मिश्र एवं बेलिया

धुरपद घराने की शिक्षा श्री धन्नु सवंरु मिश्र से प्राप्त की। गायन एवं वादन की विविध शैलियों के विद्वान गायक पण्डित छोटे राम दास टप्पा गायकी के अद्वितीय गायक के रूप में काशी की विलक्षण विभूति थे। 27 फरवरी, 1961 को अपने कबीर चौरा स्थित पैतृक आवास पर आपकी मृत्यु हुई।

पण्डित दाऊ जी मिश्रा- पण्डित दाऊ जी मिश्र का जन्म 1906 में काशी नगरी में हुआ आपके पिता श्री वंशी मिश्र रामापुरा के प्रसिद्ध सांरगी वादक थे। संगीत की प्रारम्भिक शिक्षा पिता से एवं इसके पश्चात आपने श्री मिठाई लाल का शिष्यत्व प्राप्त किया। गायनाचार्य बड़े रामदास से आप बहुत प्रभावित थे अतः आपने गायकी की विशिष्ट शिक्षा अर्जित की। चार पट की गायकी के लिए आप काशी ही नहीं बल्कि अमृत सर, पठानकोट, लाहौर तक संगीत विद्वानों एवं संगीत प्रेमियों में प्रशंसा के पात्र थे। आपके शिष्य में बाँसुरी एवं शहनाई वादक पण्डित रघुनाथ प्रसन्ना ने आपसे गायन शिक्षा प्राप्त की। सन् 1948 में पण्डित दाऊ जी का निधन हो गया।

पण्डित महादेव मिश्र- बनारस के सुप्रसिद्ध विद्वान गायक महादेव मिश्र का जन्म सन् 1906 में उनके ननिहाल शिवकोटी महादेव मंदिर के प्रांगण (इलाहाबाद) में हुआ। 7 वर्ष की आयु में आपको संगीत की शिक्षा अपने नाना रामेश्वर प्रसाद मिश्र से मिली। कुछ समय पश्चात आप अपने पिता के साथ बनारस आ गए।

(चित्र संख्या: 2.2) - पण्डित रघुनाथ प्रसन्ना (त्रिपुरा बाँसुरी), पण्डित महादेव मिश्र (गायन), पण्डित विष्णु प्रसन्ना (तानपुरा) और पण्डित भोलानाथ प्रसन्ना (कृष्णा बाँसुरी) कार्यक्रम प्रस्तुत करते हुए[11]

यहां आकर आपके पिता ने आपकी संगीत रूचि को देखते हुए प्रसिद्ध तबला वादक भैरव जी मिश्र (रामापूरा) का शिष्य बनाया। तबला वाद्य में प्रसिद्ध होने के साथ आपके मन में परिवर्तन आना आरम्भ हुआ अतः आप बड़े रामदास जी की गायकी से बहुत प्रभावित हुए और आपने पण्डित रामदास से गायन की विभिन्न बारीकियों को सीखा। आप ठुमरी गायन में सिद्धहस्त हो गए। जिस कारण आप बनारस ही नहीं अपितु पुरे विश्व में 'ठुमरी सम्राट' के नाम से प्रसिद्ध हुए। आपकी शिष्य परम्परा में पुत्र गणेश प्रसाद (गायन), शिवनाथ मिश्र (सितार), भोलानाथ प्रसन्नार (बाँसुरी), अनन्त लाल (शहनाई), दुर्गाप्रसाद विष्णु प्रसन्ना (शहनाई) रमाशंकर आदि प्रमुख थे।

रघुनाथ प्रसन्ना की वंश परम्परा एवं घराने से सम्बन्ध रखने वाले शहनाई एवं बाँसुरी वादक कलाकार

पण्डित रघुनाथ प्रसन्ना के वंश में शहनाई वादन की परम्परा कई पीढ़ियों से चली आ रही थी। इस परम्परा में संगीत साधना शहनाई एवं बाँसुरी के माध्यम से होती आ रही है, जो आज भी कायम है। "पण्डित राजेन्द्र प्रसन्ना के अनुसार इस पीढ़ी का जो नाम याद है वो गरीबदास का था। गरीब दास उच्च्च कोटी के शहनाई वादक थे, इन्होंने अपने समय में मंदिरों, राजमहलों एवं नौबत खानों में शहनाई वादन करके ख्याति प्राप्त की थी। इनके तीन पुत्र थे टहलराम, दिन्नुराम, भारोस राम। माना जाता है कि ये नौबत खानों एवं राज दरबारों में शहनाई वादन से ही जीवन यापन करते थे।

गरीब दास के बड़े पुत्र श्री टहलराम से पण्डित रघुनाथ प्रसन्ना की वंश परम्परा को अग्रसरित माना जाता है। टहलराम एक उच्चकोटि के शहनाई वादक रहे। इन्होंने अपनी शहनाई वादन की प्रस्तुतियां अनेक मंचो एवं राजदरबारों में दी। टहलराम के चार पुत्र हुए, जिन्होंने अपनी खानदानी संगीत विरासत को आगे बढ़ाया। आपके चार पुत्रों में मिठाई लाल, गौरी शंकर, झनझन लाल एवं टनटन लाल हुए। इन्होंने शहनाई

वादन में रागों की शुद्धता का विशेष ध्यान रखा। मिठाई लाल एवं गौरी शंकर अपने समय के श्रेष्ठ संगीतज्ञ एवं विद्वान थे। आपने आने वाली अपनी पूरी पीढ़ी में संगीत को फैलाया। आगे चलकर आपके खानदान में एक से बढ़कर एक ख्याति प्राप्त शहनाई एवं बाँसुरी वादक हुए। जिसे इस चार्ट के माध्यम से देखा जा सकता है।

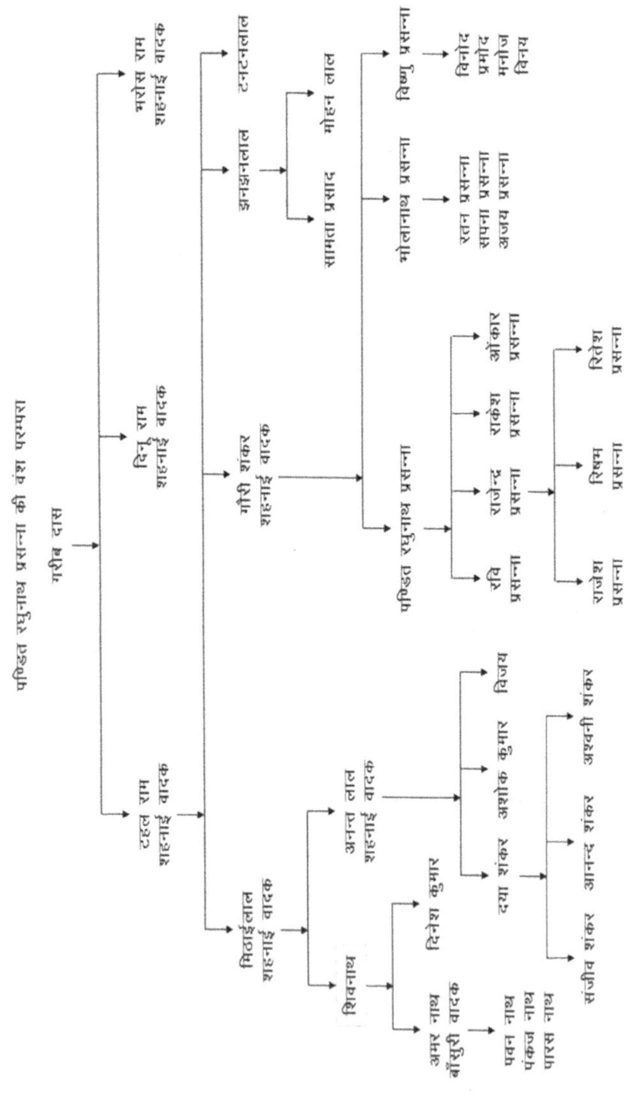

12

मिठाई लाल

मिठाई लाल अपने समय के प्रसिद्ध एवं श्रेष्ठ संगीतज्ञ थे। आपने शहनाई वादन की शिक्षा अपने पिता टहलराम से प्राप्त की। इन्होंने अपने शहनाई वादन की प्रस्तुतियां अनेक मंचों एवं राजदबारों दी। आपके दो पुत्र हुए जिनके नाम शिवनाथ एवं अनन्त लाल थे।

गौरी शंकर

ठहलराम के दूसरे पुत्र गौरी शंकर थे। इन्होंने शहनाई की शिक्षा अपने पिता से प्राप्त की। गौरी शंकर शहनाई वादन की तालीम अपने परिवार में अपने छोटे भाईयों तथा उनके बच्चों को दी। इन्होंने कई मंच प्रस्तुतियां दी। आप शहनाई वादन में इतने प्रसिद्ध हुए कि आपकी नियुक्ति कुच बिहार (पश्चिम बंगाल) दरबार में की गई। आपके तीन पुत्र हुए रघुनाथ, भोलानाथ एवं विष्णु जी।

पण्डित रघुनाथ प्रसन्ना

पण्डित गौरी शंकर के सबसे बड़े पुत्र रघुनाथ जी हुए। इन्होंने संगीत शिक्षा अपने पिता एवं दाऊ जी मिश्र से ली। आपने देश-विदेश के कई मंचों पर सफल प्रस्तुतियां दी। आप वाद्य को बजाने एवं उसको बनाने की कला में निपुण थे। आपने कई शिष्य भी तैयार किए जो आज भी आपका नाम रोशन कर रहे है। आपके चार पुत्र है सबसे बड़े रविशंकर प्रसन्ना, पण्डित राजेन्द्र प्रसन्ना, पण्डित राकेश प्रसन्ना, ओमकार प्रसन्ना। पण्डित रघुनाथ प्रसन्ना जी के पुत्रों का वर्णन प्रथम अध्याय में किया गया है।

पण्डित भोलानाथ प्रसन्ना

पण्डित भोलानाथ प्रसन्ना, पण्डित गौरी शंकर जी के दूसरे पुत्र थे। इनकी संगीत शिक्षा अपने पिता गौरी शंकर, भाई रघुनाथ जी एवं ठुमरी सम्राट पण्डित महादेव प्रसाद मिश्र से हुई। आपने शहनाई के साथ बाँसुरी की शिक्षा प्राप्त करके बाँसुरी वादन में अपना नाम देश के बाँसुरी वादक के रूप में स्थापित किया। आपके प्रमुख शिष्य आपके पुत्र

पण्डित रत्न प्रसन्ना, पण्डित अजय प्रसन्ना, सपन प्रसन्ना जी है। पण्डित हरिप्रसाद चौरसिया का नाम आपके शिष्यों में आता है।

पण्डित विष्णु प्रसन्ना

आप गौरी शंकर जी के सबसे छोटे पुत्र थे। आपकी संगीत शिक्षा अपने पिता एवं दोनों बड़े भाईयों से हुई। आपने अपने पारिवारिक शहनाई परम्परा को आगे बढ़ाया। आपने शहनाई वादक भारत रत्न, उस्ताद बिस्मिल्लाह खाँ साहब के साथ संगत की और उसे भी शहनाई वादन की शिक्षा प्राप्त की। आपके चार पुत्र विनोद, प्रमोद, मनोज एवं विनय प्रसन्ना जी है।

रत्न प्रसन्ना

आप पण्डित भोलानाथ प्रसन्ना के सबसे बड़े पुत्र है। आपने संगीत शिक्षा पिता से प्राप्त की। आप आकाशवाणी दिल्ली में गिटार वादक के पद पर कार्यरत है।

सपन प्रसन्ना

आप पण्डित भोलानाथ के दूसरे पुत्र है। संगीत शिक्षा पिता से प्राप्त की। आप वायलिन एवं बाँसुरी का अच्छा ज्ञान है। वर्तमान समय में आप इलाहाबाद में रहकर संगीत जगत में अपना विशिष्ट स्थान प्राप्त किया।

पण्डित अजय प्रसन्ना

पण्डित अजय प्रसन्ना का जन्म 1969 में इलाहाबाद में पण्डित भोलानाथ प्रसन्ना के घर में हुआ और आप भोलानाथ प्रसन्ना के तीसरे पुत्र है। आपने अपनी संगीत शिक्षा अपने पिता से प्राप्त की। आपने संगीत जगत में अपना एक विशिष्ट स्थान बनाया। आप आकाशवाणी दिल्ली में बाँसुरी वादक एवं टॉप ग्रेड कलाकार है। आपने भी अपने पिता की भान्ति बाँसुरी वादन की परम्परा को अपनाया व निरन्तर इस परम्परा को आगे बढ़ा रहे हैं। आपके बहुत से शिष्य है जो देश-विदेश में बाँसुरी वाद्य का प्रचार-प्रसार कर रहे हैं।

पण्डित विनोद प्रसन्ना

आप पण्डित विष्णु प्रसन्ना के ज्येष्ठ पुत्र है। आपने भी अपनी पारिवारिक पृष्ठभूमि का अनुसरण किया। आपने संगीत शिक्षा पिता जी से प्राप्त की। शहनाई वादन में विभिन्न मंच प्रस्तुतियां दी।

प्रमोद प्रसन्ना

आप विष्णु प्रसन्ना के दूसरे पुत्र है। आपने बाँसुरी वादन को चुना और संगीत शिक्षा अपने पिताजी से प्राप्त की आप आकाशवाणी दिल्ली में बाँसुरी वादक के पद पर कार्यरत है।

मनोज प्रसन्ना

आप विष्णु प्रसन्ना के तीसरे पुत्र है। आपने अपनी पारिवारिक संगीत परम्परा से हट कर व्यापार को अपना जीवन निर्वहन का साधन बनाया।

विनय प्रसन्ना

आप पण्डित विष्णु प्रसन्ना के सबसे छोटे पुत्र है। आपने संगीत शिक्षा विष्णु प्रसन्ना (पिताजी) से प्राप्त की। आप एक सफल बाँसुरी वादक है।

दिन्नुराम

आप इस वंश के प्रवर्तक श्री गरीब दास के दूसरे पुत्र थे। आपने अपने पिता के समान शहनाई वादन की परम्परा को आगे बढ़ाया। आप राजदबरों में शहनाई वादन किया करते थे।

श्री भरोस राम

आप गरीबदास जी के तीसरे पुत्र थे, आपने पारिवारिक परम्परा का निर्वहन करते हुए शहनाई वादन का प्रचलन किया। आपके नौबत खानों एवं राजदबारों में शहनाई वादन किया।

श्री सामता प्रसाद

आप झनझन लाल जी ज्येष्ठ पुत्र थे तथा आपने बाँसुरी एवं शहनाई वादन की कला को अपना जीवन-आधार बनाया। आप आकाशवाणी मथुरा में बाँसुरी वादक के पद से सेवानिवृत हुए। आपने विभिन्न

शास्त्रीय उप-शास्त्रीय, समेत समस्त मंच प्रस्तुतियां दी। आपके दो पुत्र शैलेन्द्र कुमार तथा प्रदीप है।

श्री मोहन लाल

आप झनझन लाल जी दूसरे पुत्र थे तथा आपने शहनाई वादन में ख्याति प्राप्त थे। आप वाराणसी में ही निवास करते थे तथा उ० बिस्मिल्लाह खाँ के साथ संगीत करते थे।

झनझन लाल

टहलराम की तीसरे पुत्र झनझन लाल हुए। ये शहनाई वादन के उत्कृष्ट कलाकार हुए। आपने भी परिवार के अन्य कलाकारों की भान्ति राजघरानों एवं नौबत खानों में शहनाई वादन की सेवाएं प्रदान की। "हमारे घर में एक बहुत अच्छे बुजुर्ग हुए उनका नाम झनझन लाल था, जब भी वह नौबत खाने में रियाज करते थे तो कहा जाता है कि उस्ताद बिस्मिल्लाह खां भी उनको सुनते थे। हमारे पूरे खानदान में उनसे अच्छा शहनाई वादक शायद ही कोई था। इनके दो पुत्र थे सामता प्रसाद और मोहनलाल। मोहन लाल बहुत अच्छी शहनाई बजाते थे और सामता प्रसाद बाँसुरी एवं शहनाई दोनों वाद्य बजाते थे। सामता प्रसाद एवं मोहन लाल ने पण्डित रघुनाथ प्रसन्ना से भी शिक्षा प्राप्त की थी।11

टनटन लाल

इनके पिता का नाम टलराम था और टहलराम के चैथे पुत्र थे। आपने भी अन्य भाईयों की भान्ति शहनाई वादन की कला अपने पिता से प्राप्त की। आप राजदरबारों के मांगलिक अवसरों पर शहनाई वादन किया करते थे।

पण्डित शिवनाथ

पण्डित शिव नाथ का जन्म वाराणसी में मिठाई लाल के घर में हुआ। आपने शहनाई वादन की तालीम अपने पिता मिठाई लाल से ग्रहण की। वाराणसी में आपने कई मंचों पर सफल प्रस्तुतियां दी, इसके अतिरिक्त आपने देश के कई संगीत समारोह में शिरकत करके ख्याति अर्जित की। आप आकाशवाणी जम्मू में विभागीय कलाकार के रूप में

नियुक्त थे। सेवा निवृत होने के पश्चात आप दिल्ली में रहे। आपके दो पुत्र पण्डित अमर नाथ एवं दिनेश कुमार है।

पण्डित अमरनाथ: पण्डित अमर नाथ का जन्म पवित्र नगरी वाराणसी में पण्डित शिवनाथ के घर में वर्ष 1957 में हुआ इनका जन्म ऐसे परिवार में हुआ जहां पर पारंपरिक भारतीय शास्त्रीय बाँसुरी और शहनाई वादकों की परम्परा कई पीढ़ी से चली आ रही थी। पण्डित अमरनाथ ने नौ साल की उम्र से अपने गुरु और पिता स्वर्गीय पण्डित शिवनाथ के मार्गदर्शन में संगीत सीखना शुरू कर दिया था। इन्होंने बनारस घराने की समृद्ध विरासत के साथ पूरा न्याय किया और एक प्रतिष्ठित बाँसुरी वादक और संगीतकार बने। इनकी प्रस्तुतियों में कुछ विशेषताएं है जो उन्हें अलग बनाती है, अभिव्यक्ति की स्प्रष्टता, नाजुक चाल, उत्कृष्ट गमक और जटिल तान। पण्डित जी ने बहुत कम उम्र से ही संगीत प्रस्तुतियां देनी शुरू कर दी थी। इन्होंने अन्तराष्ट्रीय संगीत सम्मेलनों में भाग लिया और दुनिया भर के कुछ सबसे बड़े और प्रतिष्ठित स्थानों पर प्रदर्शन किया।

पण्डित अमरनाथ ने 18 वर्षों तक आकाशवाणी नई दिल्ली में संगीत ऑर्केस्ट्रा निर्देशक के रूप में कार्य किया। वहां पर काम करते समय इन्होंने 22 शास्त्रीय रागों पर आधारित एक ऑर्केस्ट्रा की रचना एवं संचालन करने का रिकार्ड बनाया, जिसमें उत्तर भारतीय और दक्षिण भारतीय संगीत का मिश्रण था। आपने एक ऑर्केस्ट्रा का प्रदर्शन कारगिल दिवस महोत्सव के दौरान किया, जिसमें दिल्ली के पतप थ्वतज ।नकपजवतपनउ में माननीय प्रधानमंत्री भी शामिल थे। वर्तमान समय में आप पूणे में कई संगीत छात्रों को संगीत शिक्षा प्रदान कर रहे है जो दुनिया भर से संगीत सीखने आते है। आपके दो पुत्र पंकज नाथ और पारस नाथ है जो आपके नक्शेकदम पर चलते हुए संगीत के क्षेत्र में जबरदस्त सफलता हासिल कर रहे है।

पंकज नाथ: आपने संगीत की कला अपने दादा पण्डित शिवनाथ एवं पिता पण्डित अमर नाथ से ग्रहण की। अपने बाँसुरी वादन में देश-

विदेश के कई मंचों पर प्रस्तुतियाँ दी। आपने देश के कई महान गायकों एवं वादकों के साथ बाँसुरी वादन किया है।

पारस नाथ: पारस नाथ पण्डित अमर नाथ के सबसे छोटे पुत्र है। आपने भी बाँसुरी की तालीम दादा पण्डित शिवनाथ एवं पिता अमर नाथ से प्राप्त की। आपने बहुत कम आयु में ही बहुत सी ख्याति अर्जित की है। आप बाँसुरी वादन के लिए माया नगरी मुम्बई में फिल्मी इण्डस्ट्री में अच्छा नाम कर रहे है। आपने कई फिल्मों में अपनी बाँसुरी की मधुर ध्वनि तथा आम लोगों तक बाँसुरी की धुन प्रचलित है। आपने देश एवं विदेश के कई वादक एवं गायक कलाकारों के साथ बाँसुरी वादन किया जिनमें प्रमुखता से उस्ताद गुलामअली, जगजीत सिंह, पंकज उदास, तलत अजीज आदि कलाकारों के साथ संगत की है।

पण्डित अनन्त लाल (शहनाई)

पण्डित अनन्त लाल का जन्म 1927 में उत्तर प्रदेश के वाराणसी मिठाई लाल के घर में हुआ। इनके परिवार में शहनाई वादन की परम्परा पीढ़ी-दर-पीढ़ी चली आ रही थी, इसलिए बचपन से संगीत का वातावरण मिला। इनके पिता स्वयं एक शहनाई वादक थे। इन्होंने संगीत की प्रारम्भिक शिक्षा अपने पिता मिठाईलाल से प्राप्त की एवं 9 वर्ष की आयु में इन्होंने शहनाई की शिक्षा अपने चाचा पण्डित गौरी शंकर से लेनी आरम्भ की।

(चित्र संख्या: 2.3) - पण्डित अनन्त लाल जी[13]

पण्डित महादेव प्रसाद से इन्होंने ठुमरी गायन की शिक्षा ग्रहण की। शहनाई के साथ-साथ आप बाँसुरी वादन भी किया करते थे। आपने आकाशवाणी के लिए शहनाई वादक का कार्य किया, साथ ही आपने वर्ष 1987 में एक कम्पनी के साथ रिकार्डिंग कलाकार के रूप में भी कार्य किया। अनन्त लाल को उनके शहनाई वादन में योगदान के लिए विभिन्न पुरस्कारों से सम्मानित किया गया। पण्डित अनन्त लाल की मृत्यु 3 मार्च 2011 को वाराणसी में हुई।

पण्डित दया शंकर (शहनाई वादक)

पण्डित दया शंकर का जन्म वाराणसी में पण्डित अनन्त लाल के घर में हुआ। आपने अपने पिता से शहनाई की विधिवत शिक्षा लेनी आरम्भ की। आपने देश-विदेश के कई मंचों पर सफल प्रस्तुति दी है। पण्डित रवि शंकर द्वारा निर्मित नेशनल आर्केस्ट्रा में भी कई यादगार प्रस्तुतियां आपके द्वारा दी गई।

(चित्र संख्या: 2.4) - पण्डित दयाशंकर जी[14]

आपने अपने पिता पण्डित अनन्त लाल के साथ अनेकों कार्यक्रमों में शहनाई में संगत की। आपको भारत सरकार ने पाँच वर्षों के लिए अफगानिस्तान में भारतीय संगीत के प्रचार के लिए भेजा। आप

आकाशवाणी दिल्ली से शहनाई वादक के पद से सेवा निवृत हुए। आपके तीन पुत्र हैं जिनमें संजीव शंकर, आनन्द शंकर एवं अश्वनी शंकर हैं। ये तीनों ही वर्तमान में शहनाई वादन करके संगीत सेवा में कार्यरत हैं।

जहां एक ओर बनारस में पण्डित रघुनाथ प्रसन्ना वंश परम्परा में शहनाई एवं बाँसुरी का प्रचार-प्रसार हुआ, वही साथ-साथ विश्व विख्यात भारत राम उस्ताद बिस्मिल्ला खाँ की वंश परम्परा भी थी। इनकी वंश परम्परा इस प्रकार थी।

भारत रत्न उस्ताद बिस्मिल्लाह खाँ

भारतीय शास्त्रीय संगीत में शहनाई जैसे वाद्य को वर्तमान काल में उच्च शिखर तक पहुँचाने को श्रेय बिस्मिल्लाह खाँ को जाता है। बिस्मिल्लाह खाँ का जन्म बिहार के डुमराँ (ज़िला शाहाबाद) में 21 मार्च, सन् 1916 को पिता पैगम्बर बख्श और माता मिट्ठन बेगम के घर हुआ। आपके पिता अपने युग के श्रेष्ठतम संगीतज्ञ थे और बिहार रियासत डुमराव में दरबारी संगीतकार थे। जन्म के समय बिस्मिल्लाह खाँ का नाम 'कमरुद्दीन' रखा गया था, लेकिन पितामह की इच्छा से बदल कर "बिस्मिल्लाह खाँ" रख दिया गया।

(चित्र संख्या: 2.5) - भारत रत्न उस्ताद बिस्मिल्लाह खाँ[15]

आपके चाचा गाज़ी बख्श, पितामह रसूल बख्श, प्रतितामह हुसैन बख्श, पड़दादा के पिता उस्ताद सालार हुसैन इत्यादि सभी का सम्बन्धी

संगीत कला से था। सात वर्ष की उम्र में आपके मामा उस्ताद अली बख्श अपने पिता (बिस्मिल्लाह खाँ के नाना) के पास आपको बनारस ले आए और आपकी संगीत शिक्षा प्रारम्भ कर दी। आपके पांच पुत्र थे मेहताब हुसैन, नैयर हुसैन, जामिन हुसैन, काज़िम हुसैन और नाज़िम हुसैन।

आपने भी बनारस घराने का प्रतिनिधित्व किया, आपने संगीत अभ्यास को ओर अधिक बढ़ाया, वे प्रायः मन्दिरों में अभ्यास किया करते थे। आपकी वंश परम्परा को आगे दर्शाया गया है।

उस्ताद बिस्मिल्लाह खाँ की वंशावली

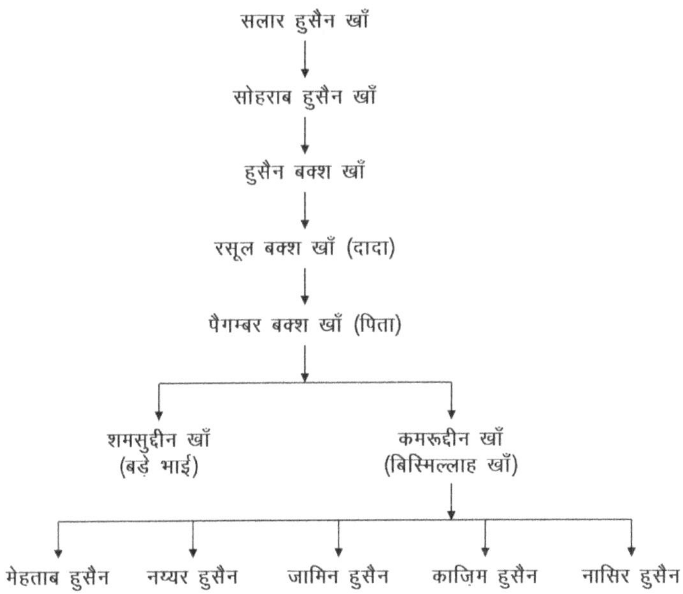

16

पण्डित रघुनाथ प्रसन्ना द्वारा खानदानी शहनाई वादन परम्परा में बाँसुरी वाद्य का प्रवेश

पण्डित रघुनाथ प्रसन्ना ने अपने पिता पण्डित गौरी शंकर से शहनाई वाद्य की विधिवत शिक्षा प्राप्त की। गौरी शंकर के पिता टहलराम खानदानी बुजुर्ग शहनाई वाद्य बजाया करते थे और मंदिरों एवं

राजदरबारों के नौबत खानों में शहनाई वादन किया करते थे। पण्डित रघुनाथ के वंश में पीढ़ियों से संगीत साधना शहनाई वाद्य के माध्यम से होती आ रही थी।

पण्डित गौरी शंकर 1929-30 ई० के लगभग कुच बिहार पश्चिम बंगाल के राज के दरबार के नौबतखानें में शहनाई वादन किया करते थे। "कुच बिहार के इतिहास से पता चलता है कि 1922 से 1949 तक यहाँ के राजा जगदीपेन्द्र नारायण थे।[17] जब पण्डित गौरी शंकर अपनी संगीत की सेवा राजदरबार में दे रहे थे, उस समय इनके सबसे बड़े पुत्र रघुनाथ प्रसन्ना भी इनके साथ रहा करते थे। पण्डित रघुनाथ प्रसन्ना की उम्र लगभग 17-18 साल की रही होगी। आप अपने पिता के साथ राज दरबार में शहनाई वादन किया करते और जब भी आपको समय मिलता तो आप पिता से शहनाई की बारीकियों तथा राग-रागनियों की शिक्षा प्राप्त करते।

एक दिन रघुनाथ प्रसन्ना को अचानक से बाँसुरी की मधुर ध्वनि कानों में पड़ी, जिससे पण्डित जी बहुत ही प्रभावित हुए। इन्होंने बाँसुरी की ध्वनि को सुना और चलते हुए उस दुकान पर पहुँचे जहां दुकान में एक बनिया त्रिपुरा बाँसुरी बजा रहा था। रघुनाथ प्रसन्ना ने बाँसुरी को ध्यानपूर्वक सुना और जिज्ञासावश उन व्यक्ति से बाँसुरी वाद्य को सीखाने का आग्रह किया परन्तु उन्होंने सीखाने से साफ इन्कार कर दिया। निराश होकर पण्डित रघुनाथ प्रसन्ना वहां से वापिस लौट गए, किन्तु मन ही मन में उन्होंने ठान लिया कि मुझे किसी भी प्रकार ये वाद्य बजाना सीखना है।

घर आकर इन्होंने स्वयं ही बाँस का टुकड़ा लेकर हुबहू वैसी ही त्रिपुरा बाँसुरी बना डाली, जैसे ही बजाने का प्रयास किया तो इस बाँसुरी में फूँक ही न लगें। बार-बार के प्रयास से भी यह सम्भव नहीं हो रहा था क्योंकि उसे बजाने की विशेष तकनीक थी, वह सिर्फ बनिया ही बता सकता था। रघुनाथ प्रसन्ना शहनाई का रियाज तो वह करते ही थे, किन्तु उनके मन में बाँसुरी का रियाज न कर पाने का मलाल हमेशा रहता। एक

दिन बाँसुरी में फूँक लगाने का अभ्यास कर रहे थे कि अचानक इसमें फूँक लग गई, जिससे उनकी प्रसन्नता का ठिकाना न रहा। माना जाता था कि रघुनाथ प्रसन्ना भगवान शिव के भक्त थे और इसका श्रेय इन्होंने भगवान शिव को दिया।

पण्डित रघुनाथ प्रसन्ना को राग-रागनियों की समझ तो थी ही, तो उन्होंने शहनाई के साथ त्रिपुरा बाँसुरी पर भी रियाज करना आरम्भ कर दिया। इनके पिता जी जिन रागों का अभ्यास शहनाई पर करवाते, वही राग और उन्हीं चीजों का अभ्यास इन्होंने बाँसुरी वाद्य पर भी किया। बाँसुरी वादन के साथ-साथ रघुनाथ प्रसन्ना ने त्रिपुरा बाँसुरी को बनाने का कार्य भी किया। पण्डित रघुनाथ प्रसन्ना अपने भाईयों में सबसे बड़े होने के नाते अपने छोटे भाईयों तथा उनके बच्चों को भी बाँसुरी तथा शहनाई की तालीम दी। इस प्रकार उन्होंने अपने खानदान में बाँसुरी वाद्य को प्रचारित और प्रसारित किया।

भारतीय शास्त्रीय संगीत में बाँसुरी वाद्य को लाने का श्रेय पण्डित पन्नालाल घोष को जाता है। शास्त्रीय संगीत में बाँसुरी वादन के कार्यक्रमों के लिए पण्डित पन्नालाल घोष भारत के प्रत्येक प्रतिष्ठित मंचों पर वादन किया करते थे। इस दौरान पण्डित रघुनाथ प्रसन्ना के कार्यक्रम भी होने आरम्भ हो चुके थे। कार्यक्रम के दौरान पहले रघुनाथ शहनाई तथा बाद में त्रिपुरा बाँसुरी का वादन किया करते थे। बहुत बार पण्डित भोलानाथ प्रसन्ना एवं रघुनाथ प्रसन्ना ने पन्ना बाबू की बाँसुरी को सुना, जिससे भोलानाथ बहुत ही मुतासिर हुए। पण्डित भोलानाथ ने अपने अग्रज पण्डित रघुनाथ से कहा कि भैया कृष्णा बाँसुरी बनाओं। इसी से संबन्धित एक किस्सा पण्डित राजेन्द्र प्रसन्ना ने साक्षात्कार में सांझा किया "एक बार कि बात है जब पण्डित पन्नालाल घोष आकाशवाणी इलाहाबाद में रिकार्डिंग के लिए आए, उन दिनों चाचा जी (भोला नाथ प्रसन्ना) आकाशवाणी इलाहाबाद में बाँसुरी वादक के पद पर कार्यरत थे। पण्डित भोला नाथ ने पन्ना बाबू से मन्द्र स्वर की बाँसुरी का नाप देने का आग्रह किया, जिसमें दो-दो छिद्र हुआ करते थे,

प़, म़, ग, ऱे, स़ा, लेकिन उन्होंने नाप देने से इनकार कर दिया और कहा की नाप उनको देगें जो हमारा शागिर्द बनेगा। पण्डित भोलानाथ बनारस आए और वहीं से बाँस खरीदा और रघुनाथ जी से बनाने का आग्रह किया। रघुनाथ प्रसन्ना ने भोलानाथ जी को हुबहू बेस की बाँसुरी बनाकर दे दी। अब प्रसन्ना परिवार में पण्डित रघुनाथ प्रसन्ना एवं इनके छोटे भाई पण्डित भोला नाथ बाँसुरी का रियाज एवं मंच पर बाँसुरी के कार्यक्रम किया करते थे।

इस प्रकार प्रसन्ना खानदान में रघुनाथ जी एवं भोलानाथ जी के बच्चों एवं शागिर्दों ने शहनाई के साथ बाँसुरी को भी अपनाया। इस तरह खानदानी शहनाई वादन परम्परा में बाँसुरी वाद्य का समावेश हुआ। माना जाता है कि पण्डित रघुनाथ प्रसन्ना ने शहनाई की शिक्षा अपने पिता गौरी शंकर तथा गायन की शिक्षा पण्डित दाऊ मिश्रा जी से एवं बाँसुरी की शिक्षा उन्होंने अपने आप से ली।

सन्दर्भ सूची -

1 सिन्हा, जूही. (2019). बिस्मिल्लाह खान बनारस के उस्ताद. नई दिल्ली: नियोगी बुक्स, पृ॰ 19

2 पर्वतकर, वनमाला. (2012). संगीतमय बनारस. वाराणसी: शारदा संस्कृत संस्थान, पृ॰ 17

3 Him.wikipedia.org/wiki/ वाराणसी का इतिहास

4 जैन, वीणा. (2008). सेनिया घराना और सितार वाद, शैली. नई दिल्ली: कनिष्क पब्लिशर्स, डिस्ट्रीब्यूटर्स, पृ॰ 1

5 पण्डित शिवनाथ मिश्रा, चर्चा 9 अप्रैल 2022, सायंकाल

6 वही

7 पर्वतकर, वनमाला. (2012). संगीतमय बनारस. वाराणसी: शारदा संस्कृत संस्थान, पृ॰ 218

8 पण्डित शिवनाथ मिश्र, सितार वादक, बनारस

9 जौहरी, रेनू. (2004). भारतीय सांगीतिक जगत में वाराणसी का योगदान. नई दिल्ली: क्लासिकल पब्लिशिंग कम्पनी, पृ॰ 60

10 मिश्र, विद्याधर प्रसाद. (2022) बनारस घराने की गायन परम्परा और पण्डित बड़े रामदास एवं योगदान. इलाहाबाद: इलाहाबाद विश्वविद्यालय, पृ॰ 145

11 https://www.facebook.com

12 शंकर, अतुल. (2015). पण्डित भोलानाथ प्रसन्ना का व्यक्तित्व एवं भारतीय संगीत में उनका योगदान. बनारस: बनारस हिन्दू विश्वविद्यालय, पृ.सं.-105

13 https://image.app.google

14 https://image.app.google

15 The Ecomnomic Times

16 सिन्हा, जूही. (2012). बिस्मिल्लाह खान बनारस के उस्ताद. नई दिल्ली: नियोगी बुक्स, पृ.सं.-133

17 Em.m.wikipedai.org/wiki/cooch.behar-state

3

बाँसुरी तथा शहनाई वाद्यः सम्पूर्ण परिचय

भारतीय शास्त्रीय संगीत में वाद्यों की प्राचीन काल से ही महत्ता रही है। प्राचीन काल से लेकर आधुनिक काल तक अनेक वाद्यों का विकसित रूप देखने को मिलता है। भारतीय संगीत में शास्त्रों के अनुसार वाद्य यन्त्रों की समृद्ध परम्परा देखने को मिलती है। शास्त्रीय संगीत हो या लोक संगीत (नाटय, नृत्य) हो बिना वाद्य यन्त्रों के अपूर्ण माना जाता है।

प्रत्येक वाद्य एक विशेष ध्वनि एवं प्रभाव उत्पन्न करता है जिससे भावनाओं का अदभुत संचार प्रकट होता है। सदियों से वाद्यों की विशेष कहानी चली आ रही है, जो हमारे सांस्कृतिक इतिहास के क्रमिक विकास को दर्शाती है। आदि काल से वर्तमान समय तक मानव ने बहुत प्रचार-प्रसार किया जिनका विवरण प्राचीन ग्रन्थकारों ने अपने-अपने ग्रन्थों में विवरणानुसार किया है। वाद्यों में विशिष्ट वस्तु एवं पद्धति से निर्मित, किसी यंत्र पर आघात करके, फूंककर या तारों में कंपन करके संगीतमय ध्वनि उत्पन्न की जाती है।

वाद्य शब्द का शाब्दिक अर्थ है 'वादनीय' अर्थात बजाने योग्य यंत्र या उपकरण। इस शब्द की उत्पत्ति संस्कृत की 'वद्' धातु से मानी गई है, जिसका अर्थ है स्पष्ट 'उच्चारण' तथा इसकी परिभाषा 'वदतीति वाहाम्' अर्थात 'जो बोलता है वही वाद्य है। भारतीय संगीत में वाद्यों में अनेक संशोधन एवं अविष्कार हुए और आवश्यकता के अनुरूप नवीन वाद्यों की उत्पत्ति संगीत की संगत करने के लिए हुई। अतः इन वाद्यों को उच्च स्थान प्राप्त हुआ तथा उनकी संख्या की अधिकता के कारण वाद्यों की विशेषताओं एवं लक्षणों के आधार पर अलग-अलग किया जाने लगा। इस विषय को लेकर अनेक संगीत विद्वानों ने अपने-अपने ढंग से वाद्य वर्गीकरण प्रस्तुत किया है। भरत एवं दलित आदि मुनियों ने जो भारतीय

वाद्यों का वर्गीकरण किया है, वही वर्गीकरण शास्त्रीय दृष्टि से सर्वमान्य एवं सर्वोत्तम माना गया है।

वाद्य एक तरह का विशेष यन्त्र है, जिसके वादन से मधुर ध्वनि उत्पन्न होती है। गीत, वाद्य तथा नृत्य इन तीनों विधाओं का संगीत में अपना-अपना महत्व है। तीनों विधाएँ एक-दूसरे के बिना अपूर्ण मानी जाती है। तीनों विधाओं का जब गहरात्मक अध्ययन किया गया तो यह ज्ञात हुआ कि तीनों का मूल एवं आधार स्वर तथा लय है, जो नाद एवं गति के परिष्कृत रूप हैं। वाद्य यन्त्र संगीत की आत्मा को प्रकट करता है। शिव शंकर द्वारा डमरु तथा सरस्वती द्वारा वीणा की उत्पत्ति बताई गई है। शरीर में आत्मा को जिस तरह से महत्वपूर्ण माना गया है, उसी प्रकार से संगीत में वाद्य को महत्वपूर्ण स्थान प्राप्त है। संगीत में यदि गायन शरीर है तो वाद्य यन्त्र उसकी आत्मा है।

भारतीय शास्त्रीय संगीत में वाद्यों को चार वर्गों में वर्गीकृत किया गया है। (1) तत् (2) अवनद्ध (3) सुषिर (4) घन

तत् वाद्य

तत् वाद्य वे वाद्य होते है जिनमें धातु की तारों अथवा ततुओं का प्रयोग किया जाता है। इन वाद्यों मेंवनि उत्पन्न करने के लिए अंगुलियों एवं मिजराब या जवा का प्रयोग किया जाता है। तत् वाद्यों की श्रेणी में मुख्यतः तानपूरा, सितार, सारंगी, वायलिन, इसराज, सरोद, बैजों, गिटार, संतूर इत्यादि आते हैं।

अवनद्ध वाद्य

वाद्यों के दूसरे प्रकार को अवनद्ध वाद्य कहा जाता है। अवनद्ध वाद्य का प्रयोग मुख्यतः ताल देने के लिए किया जाता है। अवनद्ध वाद्य यन्त्र अन्दर से खोखले एवं मुख चमड़े से मड़ा हुआ होता है, अवनद्ध वाद्य कहलाते हैं। इन वाद्यों को हाथों, छड़ी या अन्य वस्तु के आघात द्वारा बजाया जाता है। इस श्रेणी में तबला, मृदंग, ढोलक, नगाड़ा तथा नाल आदि वाद्य आते हैं।

घन वाद्य

घन वाद्य में किसी धातु अथवा लकड़ी के आघात से स्वर उत्पन्न किए जाते हैं। जैसे- मंजीरा, झांझ, घुंघरू, करताल, जलतरंग, काष्ठतरंग, नलतरंग आदि। इन वाद्यों में स्वर की स्थिरता अधिक समय तक नहीं रहती। 'घन' शब्द 'हन' हिंसागत्यों पीटने या मारने के अर्थ में प्रयुक्त होने वाली 'हन्' धातु से निष्पन्न हुआ है। वे वाद्य जो ठोककर बजाए जाते है 'घन' कहलाते है।

सुषिर वाद्य

सुषिर वर्ग के वाद्यों में स्वरोत्पति वायु द्वारा होती है। सुषिर वाद्य के अन्तर्गत दो शाखाएं आती हैं। पहला प्रकार फूँक के दबाव से बजाए जाने वाले वाद्य जैसे- बाँसुरी, शहनाई, बिगुल, शंख, क्लारनेट आदि। दूसरा प्रकार उन वाद्यों का है जिनमें हवा संचार पतली पत्ती अथवा रीड़ द्वारा स्वर उत्पन्न होते हैं। जैसे शहनाई, हारमोनियम, स्वर पेटी इत्यादि। यह वाद्य यन्त्र स्वर रचना में सक्षम है तथा स्वतन्त्र वादन एवं संगति के लिए प्रयोग किए जाते हैं।

प्रस्तुत पुस्तक सुषिर वाद्य से सम्बन्धित है। अतः इस कार्य में सुषिर वाद्यों का विस्तारपूर्वक वर्णन किया जाएगा।

सुषिर वाद्य का अर्थ एवं परिभाषा

'सुषिः छिद्रमस्चास्ति इति सुषिरम'।[1]

अर्थात 'सुषि' का अर्थ 'छिद्र' जिसमें 'सुषि' अर्थात छिद्र हो उसे सुषिर वाद्य कहते हैं।

भारत में वंशीवादन की परम्परा अत्यन्त प्राचीन रही है। सिन्धु सभ्यता का जब अध्ययन किया गया, तो वंशी के प्रयोग के सम्बन्ध का उल्लेख मिलता है। ऋग्वेद, यजुर्वेद में वंशीवादन का स्पष्ट उल्लेख है। भरत ने 'नाटयशास्त्र' में सुषिर वाद्य के लक्षण इस प्रकार बताए गए है। बुद्धजन बाँस से निर्मित या रन्ध्रयुक्त वाद्य को सुषिर वाद्य जाने, जिसकी स्वर, ग्राम आदि में होने वाली विधियां वीणा के समान होती है।

"आतोद्यं सुषिरं नामज्ञेय वंशागतं बुधैः।
वैण एवं विधिस्तत्र स्वर ग्राम समाश्रय।।"[2]

भरतकालीन विशाल 'कुतुपों' में वंशीवादनों का प्रमुख स्थान रहता था।

"ततः कुतुपविन्यासों गायनः सपरिग्रहः।
वैपचको वैविकश्च वंशवादसतथैव च।।"[3]

भरत ने वंश को अंगीभूत माना है तथा शंख और उक्किनी आदि वाद्यों को प्रत्यंग माना है।

'अंग लक्षण संयुक्तो विज्ञेयों वंश एवं हि।
शंखस्तुण्डि (ण्ड) किनी चैव प्रत्यत्रे परिकीर्तिते।।"[4]

डॉ. अंजना भार्गव के अनुसार पी० साम्बमूर्ति ने बाँसुरी को वीणा से प्राचीनतम वाद्य माना है। इसको सहज ही कहीं भी ले जाया सकता है। प्राचीन काल से बाँसुरी को शास्त्रीय संगीत की दृष्टि से प्रथम वाद्य की श्रेणी में देखा जा सकता है।

डॉ. अंजना भार्गव व हरबर्ट ए० पापले के अनुसार सुषिर वाद्यों को तन्त्री वाद्यों में प्राचीनतम माना गया है। सर्वप्रथम बैल के सींग का प्रयोग सुषिर वाद्यों के रूप में किया गया था।

सुषिर वाद्यों का वर्णन विभिन्न ग्रन्थों में भिन्न-भिन्न तरीके से प्राप्त होता है। संगीत दामोदर में बाँसुरी को वंशी, पारी, मधुरी, तितरी, शंख, काहल, मुरली, चुक्का, श्रृंग, सिगा, कापलिक वंशी और तूर्य वंशी आदि नामों का उल्लेख किया गया है। अहोबल ने सुनादी, मुरली, पावा, श्रृंग, नागसर, कहली, मुखवीणा, वक्री, तुन्दकनी वाद्यों में की है। 'संगीत रत्नाकर' में वंशी, पावा, पाविका, मुरली, काहल तुण्डकिनी, चुक्का, श्रृंग और शंख का वर्णन सुषिर वाद्यों में किया गया है।

वादन क्रिया की दृष्टि से सुषिर वाद्यों के दो भेद स्पष्ट रूप से परिलक्षित होते हैं, जो निम्नलिखित है:

(1) "मुँह से फूंक कर बजाये जाने वाले वाद्य। इस वर्ग में पाविका, मुरली, पूंगी, शहनाई, नागस्वर, वंशी आदि आते हैं।

(2) अन्य किसी साधन से वायु उत्पन्न कर के बजाये जाने वाले वाद्य। इस वर्ग में स्वर-पेटी, हारमोनियम आदि रखे जा सकते हैं।

बनावट की दृष्टि से सुषिर वाद्यों के अनेक उपभेद हैं जिनके अनेक उपवर्ग हो सकते हैं किन्तु मुख्य रूप से उन्हें निम्नलिखित छह उपवर्गों में बांटा जा सकता है -

(1)सादे बने हुए वाद्य: इन वाद्यों में फूंक के लिए एक छिद्र दिया होता है तथा स्वरों के लिए जो छिद्र दिया होता है, उन्हें खोलने तथा बन्द करने की क्रिया उंगली के पोरों से की जाती है। जैसे पाविका, मुरली, वंशी आदि।

(2)पत्तीदार सादे वाद्य: इन वाद्यों में फूंक के स्थान पर एक विशेष प्रकार की बनी हुई पत्ती लगा कर फूंकते है किन्तु स्वर के छिद्रों का सम्बन्ध उंगली के पोरो से होता है। जैसे नागस्वर, शहनाई आदि।

(3)पत्तीदार तथा चाबीदार वाद्य: इस प्रकार के वाद्यों में फूंक के स्थान पर विशेष प्रकार की पत्ती लगी होती है तथा स्वरों के छिद्रों को खोलने तथा बन्द करने के लिए चाबियाँ लगी होती है। जैसे सेक्सोफोन, क्लानेट इत्यादि।

(4)फूंकने वाला मुख: सामान्य किन्तु दूसरी ओर का मुख फूला हुआ अर्थात बाहर की ओर फैला हुआ जैसा कि शहनाई, नागस्वर आदि में होता है।

(5)घुमावदार बने हुए: इस प्रकार के वाद्य में अधिकांशत: पीतल के बने हुए फूंक के वे वाद्य आते हैं जिनका अधिकांश उपयोग बैंड में होता है। ये सभी विदेशी वाद्य हैं जिन्हें भारतीय वाद्य-वृन्द ने अपना लिया है। ट्रम्पेट आदि इसी श्रेणी में रखे जाते हैं।

(6)रीड लगे हुए वाद्य: इस वर्ग में वे सभी वाद्य आते हैं जिन में एक-एक स्वर के लिए पीतल अथवा अन्य किसी धातु के अलग-अलग रीड बना कर क्रमानुसार लगा दिये जाते है। इस वर्ग में स्वरपेटी, हारमोनिका, हारमोनियम इत्यादि आते हैं।

बाँसुरी तथा शहनाई वाद्य की उत्पत्ति एवं विकास

बाँसुरी वाद्य की उत्पत्ति

भारतीय हिन्दुस्तानी शास्त्रीय संगीत में इस वाद्य को काफी महत्व दिया गया है तथा यह एक प्राचीन सुषिर वाद्य है। बाँसुरी का सम्बन्ध महाभारत काल से जोड़ा गया है। श्री कृष्ण जो उस समय बाँसुरी का वादन किया करते थे। कहा जाता है श्री कृष्ण इतनी मधुर बाँसुरी बजाया करते थे कि उनकी बाँसुरी की धुन को सुनकर गोपियाँ, पशु, पक्षी सभी मंत्रमुग्ध होकर उनके पीछे आ जाते थे।

महाकवि श्री कालिदासविरचित कुमारसंभवम् में बाँसुरी की कल्पना इस प्रकार की गई है।

"यः पूरयन्कीचकरन्ध्रभागान्दरी मुखोत्मेन सभीखेना।
अदास्यतामिच्छति किंनराणां तानप्रदायित्वमिवोपगन्तुम्।।"[5]

अर्थात बाँसुरी की उत्पत्ति के विषय में महाकवि कालिदास द्वारा एक सुन्दर कल्पना की गई है। श्लोकानुसार भ्रमरों द्वारा छिद्रित वंशनालिका में वायु प्रवेश के कारण उत्पन्न ध्वनि को सुनकर प्रभावित हुए किन्नरों ने उसे छिद्रित वंशानालिका को वंशवृक्ष से पृथक कर अपनी मुखवायु द्वारा उसका वादन किया और इस प्रकार उसे वाद्य के रूप में प्रचलित किया।

बाँसुरी को वंशी भी कहा जाता है। वंशी शब्द संस्कृत भाषा के वंश शब्द से लिया गया है, जिसका अर्थ है बाँस या खोखली नली। संभवतः बाँसुरी शब्द वंशी का ही अपभ्रंश रूप है। बाँसुरी दो शब्दों से मिलकर बना है, अर्थात बाँस$सुरी=बाँसुरी। ऐसा वाद्य जो बाँस से बना हो एवं स्वर सृजन में सक्षम हो बाँसुरी कहलाता है।

नाद की उत्पत्ति करने वाली वंश नलिका होने के कारण आरम्भ में इसका नाम 'नादी' भी था। सामगान की संगति में वेणु तथा वीणा आवश्यक वाद्य होते थे तथा 'वंशी' के स्वरों के आधार पर ही वीणा के समस्त तार मिलाए जाते थे जिसका प्रमाण नारदीय शिक्षा के निम्नलिखित श्लोक से मिलता है।

"यः सामगानां प्रथमः स्वरः स वेणोर्मध्यमः।"[6]

ऋग्वेद में 'नाली' या 'नाड़ी' नामक वाद्य का उल्लेख मिलता है, जिसे की वंशी वाद्य का प्राचीनतम स्वरूप माना जाता था।

"इद यमस्य सादनं देवामानं यदुच्यते,
इयमस्य हाम्यते नालीरय गीर्भि पारिष्कृत।।"[7]

इसका भावार्थ नाली या नाड़ी नरसल (नरकटा) से बना होता था। कालान्तर में इस वाद्य का निर्माण बाँस से होने लगा। इस कारण इसे वंश वाद्य (बाँस की बनी हुई वंशी) कहा जाने लगा।

भरत ने सर्वप्रथम अपने ग्रंथ नाट्य शास्त्र के तीसरे अध्याय में वंश वाद्य की विधिवत चर्चा की और जिसमें बताया गया है कि वंशी पर क्रमशः दो तीन तथा चार श्रुतियों वाले स्वर उत्पन्न होते है।

श्री कृष्ण जब बाँसुरी का वादन किया करते थे तो समस्त वृन्दावनवासी, गोपियां, पशु, पक्षी, बेल, लताएं, वृक्ष, प्रत्येक कण-कण मंत्रमुग्ध हो जाता था।

बाँस की बाँसुरियों को भगवान श्री कृष्ण के अधरों का जैसे ही सानिध्य मिलता और ऋण गोपाल के मुखार बिन्दु से जैसे ही फूंक लगती नर नारी और पशु पक्षी ही क्या, कालिन्दी की लहरें भी गतिशून्य हो जाती थी। श्री कृष्ण के आलौकिक व्यक्तित्व ने बाँसुरी को भी आलौकिकता प्रदान कर दी है। इस वाद्य की प्राचीनता का इससे बड़ा उदाहरण और क्या हो सकता है।

सामवेद को संगीत से जुड़ा हुआ ग्रन्थ माना जाता है। सामवेद में वंशी वाद्य को मंगल वाद्य माना जाता था।

ऋग्वेद में बाँसुरी के लिए नादी शब्द का प्रयोग किया जाता था। बाँसुरी का प्राचीनतम नाम 'नादी' भी प्राप्त होता है।

शांरगदेव द्वारा रचित संगीत रत्नाकर नामक ग्रन्थ में भी बाँसुरी का वर्णन मिलता है। इनके समय में बाँसुरी, बाँस, खैर की लकड़ी, हाथी दाँत, चंदन की लकड़ी, लोहा, कांसा, चांदी और स्वर्ण से बनती थी।

शांरगदेवकृत संगीतरत्नाकर में वाद्याध्याय में बाँसुरी या वंशी के रूपों का वर्णन किया गया है, जो इस प्रकार है।

पावा

यह वाद्य नाथेन्द्र वंषी का एक भेद है। इसका बाँस नौ अंगुल का होता है। इस के मुख पर बाँस की पती लपेट कर लोकरीति से इसका वादन किया जाता है। इसे वंष-पावा भी कहते हैं।

पाविका

यह वाद्य भी वंषी का ही एक भेद है। इसकी लम्बाई बारह अंगुल तथा मोटाई अँगूठे के प्रमाण की होती है। इसका ऊपरी छिद्र कनिष्ठा के आकार का होता है। इसमें बजाने के लिए एक छेद तथा स्वरों के लिए पाँच छेद होते हैं। शास्त्रों के अनुसार इसके वादन से यम, सर्प, यक्ष, पिषाच ये चारों वषीभूत हो जाते थे।

मुरली

मुरली वंषी का ही भेद है। इसका बाँस दो हाथ से कुछ बड़ा होता है। बजाने के लिए एक मुख-रन्ध्र होता है तथा स्वरोत्पत्ति के लिए चार छिद्र होते हैं। इसका नाद अत्यन्त मनोहरी होता है।

बाँसुरी की उत्पति के विषय में हम विभिन्न कालों के आधार पर अध्ययन करेंगे कि यह वाद्य यंत्र किस प्रकार अस्तित्व में आया और किस तरह लोगों की रुचि इस वाद्य यंत्र के प्रति बढ़ती गई:

जैसे पहले ही वर्णन किया जा चुका है कि महाभारत काल में बाँसुरी का सम्बन्ध श्री कृष्ण भगवान से है श्री कृष्ण भगवान को बाँसुरी अत्यन्त प्रिय थी तथा उसका वादन करना उससे भी अत्यधिक प्रिय। वर्तमान समय में बाँसुरी को अनेकों नाम से पुकारा जाता है। नामों में भिन्नता के पश्चात ही बाँसुरी को सम्पूर्ण जगत में अपनी मधुर्यता को लेकर विषेष स्थान बनाए हुए है।

सुप्रसिद्ध बाँसुरी वादक पण्डित हरिप्रसाद चैरासिया जी ने भी बाँसुरी वाद्य के सरलतम रूप की व्याख्या इस प्रकार से कही है - मुझे सारे वाद्यों में बाँसुरी की ध्वनि इतनी मधुर लगी कि मैंने कहा क्यों न

बाँसुरी बजाऊँ, जबकि मैं बचपन से ही देखता हूँ कि कृष्ण भगवान के अधरों पर बाँसुरी लगी हुई है। मुझे लगा कि इसकी ध्वनि कैसी होगी जबकि हम कथाओं में सुनते थे कि भगवान कृष्ण जब बाँसुरी बजाते थे तो गाय, मोर और अन्य जानवर नाचते थे, गोपियाँ भी मंत्रमुग्ध होकर नृत्य किया करती थी। जब से मैंने बाँसुरी वाद्य को बजाना प्रारम्भ किया व इसमें कड़ी तपस्या इसलिए करनी पड़ी क्योंकि इसमें कोई तार व चमड़ा नही था। यह बड़ा साधारण सा वाद्य, बाँस का एक छोटा सा टुकड़ा है, सिर्फ उसमें छः सुराख है और एक आगे सुराख है जिसमें फूँकना है, छः सुराख में ऊँगली चलानी है और छः सुराख से बारह स्वर निकालना है। बारह स्वर को किस तरह से निकालना है इसके अभ्यास के लिए कड़ी मेहनत करनी पड़ेगी।

अतः कहा जा सकता है कि बाँसुरी का प्रार्दुभाव कब और कहाँ और कैसे हुआ इसका अनुमान नहीं लगाया जा सकता परन्तु बाँसुरी प्राचीन काल से ही एक प्रचलित एवं लोकप्रिय वाद्य रहा है। बाँसुरी की इस सदियों की यात्रा में कई सारे बदलाव आए, परन्तु आज भी बाँसुरी, संगीत वाद्यों की श्रेणी में, सुषिर वाद्यों की श्रेणी में अपनी एक अलग विशेषता बनाए हुए है।

बाँसुरी वाद्य का विकास एवं निर्माण विधि

वैदिक समय से लेकर वर्तमान समय तक जैसे-जैसे बाँसुरी में बदलाव आते गए, इसकी विषेषताओं में भी वृद्धि होती गई। साथ-साथ में इसका प्रयोग और उपयोग करने की क्षमता भी बढ़ती गई। निष्चित तौर से आधुनिकता के दौर में बाँसुरी पूर्ण वाद्य का रूप ले चुकी है। वैदिक युग या महाभारत काल में श्रीकृष्ण किस तरह की बाँसुरी का वादन किया करते थे व ऐसा क्या बजाते थे जिससे समस्त वृन्दावनवासी मंत्रमुग्ध हो जाते थे। यह वादन अकल्पनीय है। प्रारंभ में बाँसुरी सिर्फ ग्राम संगीत या लोक संगीत का वाद्य रही किंतु आज बाँसुरी में लोक संगीत वादन के अतिरिक्त राग संगीत संभव हो सका, इसका श्रेय

सुप्रसिद्ध बाँसुरी वादक पण्डित पन्नालाल घोष को जाता है। आपके द्वारा की गई नई-नई तकनीक की खोज के बाद ही बाँसुरी पर सभी रागों का प्रस्तुतीकरण संभव हो सका। वर्तमान समय में 'राग संगीत' के ध्रुपद धमार एवं ख्याल अंगों का कुषलतापूर्वक प्रस्तुतीकरण बाँसुरी पर संभव हो सका। भारतीय लोक वाद्य बाँसुरी को शास्त्रीय संगीत में बजाया जाए ऐसा किसी ने भी पण्डित पन्नालाल से पहले सोचा भी नहीं था। "शास्त्रीय संगीत में एकल वादन के लिए पहले पण्डित पन्नालाल घोष ने बाँसुरी के क्पंउमजमत को बढ़ाया और बाँसुरी की लम्बाई 32 इंच कर दी। जब इन्होंने बड़ी बाँसुरी को बजाया तो किसी ने सोचा भी नहीं था कि ये बाँसुरी की ध्वनि है।"[8]

भारतीय शास्त्रीय संगीत में राग-प्रस्तुतिकरण के लिए पण्डित पन्नालाल घोष ने बाँसुरी में बहुत सारी तब्दीलियाँ की ताकि प्रत्येक राग को राग के अनुकूल प्रस्तुत किया जाए। जैसे उन्होंने बाँसुरी में मध्यम स्वर का छिद्र किया जिससे मन्द्र सप्तक का मध्यम और गंधार आसानी से मिलने लगा।

वर्तमान समय में बाँसुरी लोकप्रिय वाद्य यंत्र होने के साथ संगीत विधा की प्रत्येक षैली में इसका प्रयोग बहुत अधिक हो रहा है। शास्त्रीय संगीत में एकल वादन के साथ-साथ उप-षास्त्रीय संगीत सुगम संगीत एवं फिल्म संगीत में बाँसुरी का विषेष प्रयोग किया जा रहा है। फिल्मों में पाष्र्व संगीत के साथ-साथ गीतों में भराव एवं पूर्व में भी बाँसुरी का प्रयोग किया जाता है।

पन्नालाल घोष जी ने बाँसुरी में अनेकों बदलाव किए। आज बाँसुरी लोक संगीत के स्तर से उठकर शास्त्रीय संगीत के मंच पर आसीन हो चुकी है तथा विष्व में अपनी एक विषेष पहचान बना चुकी है। इन्होंने जिस तरह संगीत जगत में अपना नाम कुषल बाँसुरी वादक की श्रेणी दर्ज किया उसी तरह इसके बाद पण्डित रघुनाथ, पण्डित भोलानाथ, पण्डित राघव राव, पण्डित देवेन्द्र मुड़ेष्वर व पण्डित हरिप्रसाद चैरासिया जी इत्यादि बाँसुरी वादको ने बाँसुरी को शीर्ष पर पहुचाया है।

बनारस घराने के सभी बाँसुरी एवं शहनाई वादक शास्त्रीय संगीत के साथ सुगम संगीत की सभी विधाएं जैसे ठुमरी, दादरा, चैती, कजरी, होरी, भटियाली तथा फिल्म संगीत को बाँसुरी वाद्य में प्रस्तुत करते हैं।

सुप्रसिद्ध बाँसुरी वादक पण्डित हरिप्रसाद जी ने बाँसुरी के रूप का वर्णन इस प्रकार किया है बाँसुरी भी भगवान की देन है बाँस में कोई फल नही, लेकिन ये बाँस का सीधा सा टुकड़ा है और इसमें जो ध्वनि उत्पन्न होती है वैसी ध्वनि मैंने किसी वाद्य से या गले से नहीं सुनी, तभी तो कहते हैं कि श्री कृष्ण कितने चालाक थे जिन्होंने इस वाद्य को रचा और सारी दुनिया में ये वाद्य उपलब्ध है तो मुझे ऐसा लगता है कि यह वाद्य सबसे साधारण वाद्य है क्योंकि इसमें न तो कोई तार है न ही इसमें कोई चमड़ा बस इसमें फूँकना है और हाथों की उगलियों से स्वर निकालने है।

बाँसुरी के आकार की यदि बात की जाए तो ये वाद्य बहुत ही साधारण सा दिखने वाला वाद्य है जो एक बाँस का टुकड़ा है और इसमें वायु प्रवाह के लिए इसके छोर पर (मुहाना) मुख रन्ध्र होता है जिससे इसमें वायु प्रवाहित की जाती है। मुख रन्ध्र से नीचे की ओर कुछ दूरी पर छः स्वर रन्ध्र हाते हैं जिनमें सात स्वरों की उत्पति होती है।

भारतीय शास्त्रीय संगीत में प्रयुक्त होने से पहले बाँसुरी एक लोक वाद्य था। पण्डित पन्नालाल घोष ने बाँसुरी को भारतीय शास्त्रीय संगीत में प्रवेष दिलाया और लोक वाद्य छोटी बाँसुरी को 32 इंच लम्बा करके (तीसरा सफेद) की बाँसुरी बनायी।

बाँसुरी वादक पंडित पन्नालाल घोष ने बहुत सारी बाँसुरियों का निर्माण प्रत्येक स्केल में किया। इनके बाद बहुत सारे बाँसुरीवादकों ने अपने-अपने नाप के अनुसार अपनी बाँसुरियों का निर्माण किया क्योंकि प्रत्येक व्यक्ति की अपनी-अपनी व्यक्तिगत ठसवूपदह जिसको फूँतकार कहा जाता है, बाँसुरी का स्वर व्यक्ति विशेष की पकड़ एवं उसके फूँक के हिसाब से बाँसुरी को बनाया जाता है। बाँसुरी को यदि अन्दर की और घुमाकर बजाया जाया जाए तो आधा या एक स्वर अपने स्वर से नीचे उतर जाएगा, यदि बाँसुरी को कोई बाहर की और घुमाकर बजाता है तो

बाँसुरी का स्वर एक आधा स्वर अपने स्वर से ऊपर की ओर चढ़ा हुआ बोलेगा।

"बाँसुरी को शास्त्रीय संगीत में प्रवेष दिलवाने के लिए बाँसुरी के निर्माण में कौन से पदार्थ सर्वश्रेष्ठ रहेंगे, इसके लिए भी पन्ना बाबू जी ने अनेक प्रयोग किए।"[9] पण्डित पन्नालाल घोष जी ने बाँस से निर्मित बड़ी बाँसुरी क्रमषः 32 इंच एवं 42 इंच (मन्द्र बाँसुरी) का निर्माण किया। पण्डित पन्नालाल घोष अधिकांषः 32 इंच की बाँसुरी का प्रयोग करते थे, जोकि "काली दो" के सा के अनुरूप थी।"[10]

बनारस घराने के सुप्रसिद्ध बाँसुरी एवं शहनाई वादक पण्डित रघुनाथ प्रसन्ना एवं पण्डित भोलानाथ प्रसन्ना जी ने भी बाँसुरी निर्माण में एक महत्वपूर्ण योगदान दिया। इन्होंने बाँसुरी निर्माण के लिए नई तकनीकों का प्रयोग किया और अपने अंदाज से बाँसुरियों को बनाया। वर्तमान समय में ज्यादातर बाँसुरी वादक एवं बाँसुरी बनाने वाले कारीगर इनके द्वारा बनाई गई बाँसुरी को फ़ॉलो करके बाँसुरियां बनाते है।

पण्डित रघुनाथ प्रसन्ना अपनी एवं अपने शागिर्दों की बाँसुरियां स्वयं बनाते थे। एक कलाकार होने के साथ-साथ के एक अच्छे कारीगर भी थे जिन्होंने बहुत सारी बाँसुरियां, शहनाई एवं सरोद का निर्माण किया। पण्डित रघुनाथ प्रसन्ना के छोटे भाई पण्डित भोला नाथ ने बाँसुरी बनाने के लिए बहुत सारे प्रयोग किए और बाँसुरियों को बनाने के लिए छोटी-छोटी बारीकियों पर काम किया।

पण्डित रघुनाथ प्रसन्ना के बाँसुरी बनाने की महारथ पर पण्डित रोनू मजूमदार जी ने कहा कि पण्डित रघुनाथ जी स्वयं बाँसुरियां बनाते थे, उनकी बनाई हुई बाँसुरी आज भी मेरे पास रखी है जो उन्होंने मेरे पिता जी (भानू मजूमदार) जी को दी थी। मैं एक विषेष बात बोलना चाहूँगा कि जो उनकी बाँसुरी को Tonal quality या और जो मुख रन्ध्र का जो जवारी होता था उसमें एक छंजनतंसध्त्मअंतइ लगा होता था, जो आज कल हम तो नदक डंबीपदम से त्मअंतइ लगाते है लेकिन उनकी बाँसुरी में

ये गुण स्वतः होता था। उनकी बनाई हुई बाँसुरी आज भी मेरे पास रखी है।

बाँसुरी वाद्य की निर्माण विधि

बाँस की नलिका को मधुरमय एवं संगीत सृजनात्मक बनाने हेतु उपकरण को प्रयोग में लाया जाता है, एक पतली छोटी आरी, रेगमाल या बालू कागज ;दैंक चूंचमतद्ध, बाँस (बिना गांठवाला या एक पोर का बाँस का टुकड़ा), बाँस की मोटाई- चैड़ाई के अनुसार छेद करने के लिए लोहे की छड़ या सरिया, एक लम्बा ब्रष, इंचीटेप या पैमाना, हंसियानुमा तेज लोहे का हथियार, पैंसिल, नारियल या सरसों का तेल, पत्थर के कोयले की अँगीठी (या गैस स्टोव), आड़ी बाँसुरी के लिए एक कार्क, सीधी बाँसुरी के लिए काठ की एक जीभ चाहिए।

बाँसुरी के अंग एवं प्रकार

बाँसुरी के अंगो एवं प्रकार की व्याख्या निम्नलिखित है:

(1) डण्डी

बाँसुरी निर्माण हेतु सर्वप्रथम एक डण्डी की आवश्यकता होती है। डण्डी को बाँसुरी का मुख्य भाग भी कह सकते है या शरीर। जिस प्रकार शरीर में सारे अंग समाहित होते है उसी प्रकार बाँसुरी रूपी शरीर में सारे अंग समाहित होते हैं। बाँसुरी को जब लकड़ी का बनाया जाता है तो उसमें बाँस, रक्त चन्दन, शीशम, बेंत, नरकट (सरकंडा) आदि की लकड़ी ली जाती है। अगर बाँस, बेंत एवं नरकट की लकड़ी से बाँसुरी को बनाना हो तो ये पहले से ही अन्दर से खोखली (पोली) मिल जाती है। इस बाँसुरी को बनाने के लिए ज्यादा परिश्रम नहीं करना पड़ता। अगर शीशम एवं अन्य लकड़ियों से बाँसुरी का निर्माण करना हो तो उनको स्वयं खोखला करना पड़ता है। धातु से बनी हुई बाँसुरियों में से स्टील, पीतल, चांदी एवं सोने की बाँसुरियां, विशेष रूप से प्रसिद्ध हैं। यहाँ विशेष रूप से ध्यान में रखने योग्य बातें निम्नलिखित है:

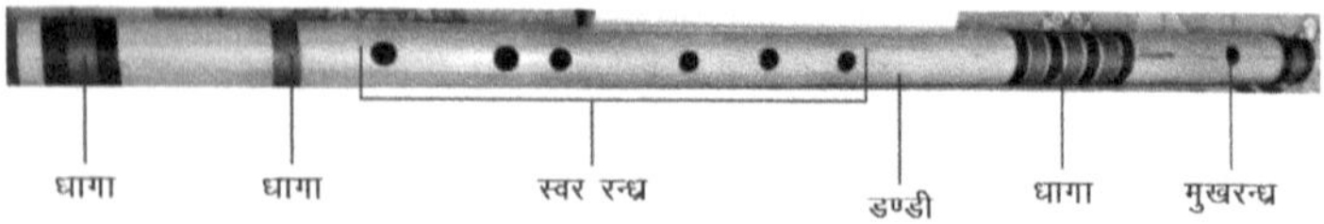

(चित्र संख्या: 3.1) - कृष्णा बाँसुरी

वह लकड़ी/धातु (जिसका बाँसुरी निर्माण हेतु चुनाव किया जा रहा है) शुरुआत से लेकर अन्त तक एक ही समान अन्तराल व डायमीटर की हो। आरंभ से लेकर अन्त तक, एक समान गोलाई व चैड़ाई को अपने में लिए हुए हो।

वह लकड़ी या धातु कही से भी कटी या फटी न हो।

(2) रस्सी या धागा

रस्सी विशेष रूप से पतले धागे के समान होती है। कई बार रस्सी की अनुपलब्धता होने के कारण धागे को भी प्रयोग में लाया जाता है। रस्सी मुख्य रूप से रेशमी धागे से बनी हुई होती है। इसका प्रयोग मुख्य रूप से बाँस या सरकंडे पर पड़ने वाली दरारों को रोकने हेतु किया जाता है, क्योंकि लकड़ी की बाँसुरी में प्राकृतिक रूप से दरारें पड़ जाती है, अतः इन्ही दरारों से बचाव के लिए बाँसुरी को जगह-जगह पर बाँध दिया जाता है। इस धागे के कारण बाँसुरी आकर्षक बन जाती है।

(3) रन्ध्र

रन्ध्र को छिद्र भी कहा जाता है। रन्ध्रों की सहायता से स्वरों की उत्पति होती है। बाँसुरी में पाए जाने वाले रन्ध्र, इनके उपयोग के आधार पर भिन्न-भिन्न नामों से जाने जाते हैं। रन्ध्रों के आधार पर बाँसुरी के दो प्रकार भी देखने को मिलते है। बाँसुरी में पाए जाने वाले विभिन्न रन्ध्र इस प्रकार है:

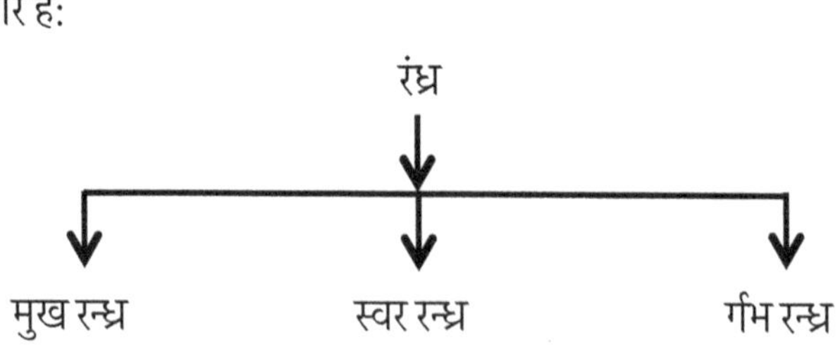

1) मुख रन्ध्र

मुख रन्ध्र को 'फूंकनी रन्ध्र' या वह छिद्र भी कहा जाता है, जिसके माध्यम से वायु को प्रवाहित किया जाता है। तत्पश्चात् वायु का प्रवाह सम्पूर्ण बाँसुरी में होता है, जिससे स्वरों की उत्पति में सहायता मिलती है। "बाँसुरी के दो प्रकार है अनुप्रस्थ एवं फिपिल (लम्बत)। फिपिल बाँसुरी का प्रयोग मुख्यतः लोक संगीत में किया जाता है जिसे होठों पर सीटी की तरह बजाया जाता है।" इस प्रकार की बाँसुरी बच्चे अपने खिलौने के रूप में भी प्रयोग करते हैं। बाँसुरी का दूसरा प्रकार जिसे अनुप्रस्थ का नाम दिया गया है। अनुप्रस्थ को लचीलेपन एवं नियंत्रण के कारण इसे शास्त्रीय संगीत में अधिक प्राथमिकता दी जाती है।

उपरोक्त बाँसुरी के प्रकारों का मुख्य आधार ही मुख रन्ध्र है। इस प्रकार यह कहा जा सकता है कि मुख रन्ध्र का बाँसुरी के क्षेत्र में मुख्य स्थान प्राप्त है।

2) स्वर रन्ध्र

जैसा कि नाम से ही स्पष्ट है, ऐसे रन्ध्र जिनसे स्वरों, की निष्पत्ति हो। अतः मुख रन्ध्र से वायु का प्रवाह बाँसुरी में किया गया हो उसके बाद का कार्य इन रन्ध्रों को जाता है। इन रन्ध्रों के पास जब हवा पहुँचती है तो अँगुलियों के माध्यम से इन रन्ध्रों को कम या ज्यादा दबाकर स्वरों की उत्पति की जाती है। कुछ बाँसुरियों में छः छिद्र दिए होते हैं, जिनसे स्वरों की उत्पति होती है, परन्तु कई बाँसुरियों में छः के स्थान पर सात छिद्र दिए होते हैं। इस सातवें छिद्र का होना बाँसुरी में सप्तक के खरज के दो या तीन स्वरों के विस्तार में सहायता प्रदान करता है। यहाँ यह बात विशेष रूप से ध्यान देने योग्य है, यह सातवां छिद्र वैकल्पिक है। कई बार यह बाँसुरियों में दिया होता है और कई बार नहीं भी। सात छिद्र वाली बाँसुरी के निर्माण हेतु बाँसुरी के छिद्रों के मध्य के अन्तर को इस प्रकार बताया जाता है "आधा पायदान, पूरा पायदान, पूरा पायदान, आधा पायदान, पूरा पायदान, पूरा पायदान, पूरा पायदान।

3) गर्भ रन्ध्र

यह रन्ध्र विशेष रूप से बाँसुरी के ऊपरी भाग को दर्शाता है। नालिका में वायु के प्रवाह को स्वर रन्ध्रों की ओर या आगे की ओर प्रवाहित करने हेतु इस रन्ध्र को प्रायः बन्द कर दिया जाता है। कई बार बाँसुरी का निर्माण करने वाले इसमें 'ग्लू गम' के एक टुकड़े का इस्तेमाल करते हैं।

उपरोक्त लिखित बाँसुरी के अंगों के आधार पर ही कई प्रकार के स्केल की बाँसुरियां निर्मित की जाती है। विभिन्न स्केल की बाँसुरियाँ बनाने के लिए बाँसुरी के डंडी के आकार, उसकी गोलाई, व लम्बाई में अन्तर आ जाता है। छोटी बाँसुरियों का प्रयोग प्रायः तार सप्तक के लिए किया जाता है।

बाँसुरी शब्द कहने से स्पष्टतया यह ज्ञात होता है कि यह बाँसुरी बाँस के टुकड़ों पर बनाई जाती है। बाँसुरी बनाने के लिए विभिन्न वस्तु या धातु का प्रयोग किया जाता है जैसे पीतल, एलमुनियम, लकड़ी, सिलवर, पी०वी०सी० पाईप, ऐसी बाँसुरियां, आमतौर पर विदेशों में देखने व सुनने को मिलती है। लेकिन सब में बाँस की बाँसुरियों की ध्वनि प्राकृतिक और कणप्रिय लगती है। रोम के म्यूजियम में हड्डी एवं मिट्टी की बाँसुरिया देखी जा सकती है। अतः किसी भी खोखली नलिका में छिद्र करके, स्वरों की उत्पति करके उनका सृजन करना। उदाहरण के लिए, जब हमने बाँसुरी की उत्पत्ति के विषय में अध्ययन किया तो पाया कि किस प्रकार बाँस या आबनूस की लकड़ी में छेद करके, उससे स्वरों का सृजन किया गया। आज भी कई प्रकार के प्रयोग किए जाते है। प्रायः देखा गया है कि बाँस से बनी हुई बाँसुरी या लकड़ी से निर्मित अत्यधिक प्रयोग में लाई जाती है फिर चाहे वह शास्त्रीय संगीत के क्षेत्र में हो या लोक संगीत के क्षेत्र में हो क्यों न हो।

वर्तमान समय में बाँसुरी के चार प्रकार है- आड़ी बाँसुरी, सीधी बाँसुरी, त्रिपुरा (टिपुरा) बाँसुरी, कर्नाटकीय बाँसुरी।

आड़ी बाँसुरी (कृष्ण बाँसुरी)

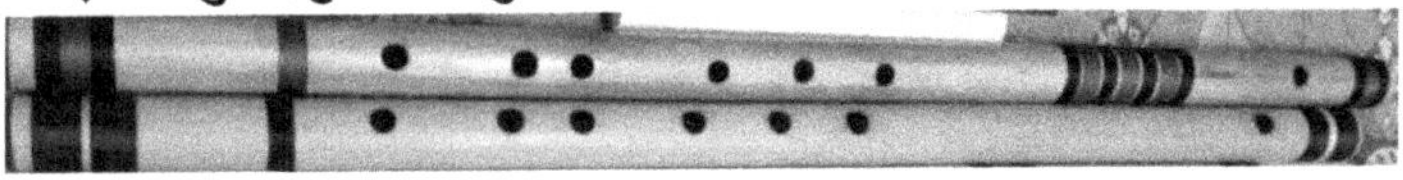

(चित्र संख्या: 3.2) - लेखक द्वारा लिया गया कृष्णा बाँसुरी का चित्र

भारतीय शास्त्रीय संगीत में आड़ी बाँसुरी का प्रयोग किया जाता है। आड़ी बाँसुरी को कृष्ण बाँसुरी कहा जाता है, क्योंकि श्री कृष्ण को भी हाथ में आड़ी बाँसुरी लिए दिखाया जाता है। इस बाँसुरी में छः छिद्रों का प्रयोग स्वर उत्पति के लिए और एक छिद्र ऊपर की ओर होता है जिसे मुख्य रन्ध्र भी कहा जाता है, इस छिद्र से वादक कलाकार अपने मुख से वायु बाँसुरी के अन्दर प्रवाहित करता है। इस बाँसुरी के मुख रन्ध्र की ओर लगभग एक इंच छोड़कर रबड़ का एक कॉर्क लगा होता है जिससे वायु पीछे की ओर न जाकर स्वर रन्ध्रों की ओर प्रवाहित हो सके। यह का ॅर्क स्वरों को ऊँचा-नीचा करने में भी उपयोगी होता है। बाँसुरी में भी शुद्ध को ेमल एवं तीव्र स्वरों का प्रयोग किया जाता है। आड़ी बाँसुरी फूँक के तत्कार से बजाई जाती है। आड़ी बाँसुरी प्रायः शास्त्रीय संगीत के क्षेत्र में अधिक प्रयोग में लाई जाती है। शास्त्रीय संगीत में स्वतन्त्र वादन के लिए इस वाद्य को प्रतिष्ठित करने का श्रेय पन्नालाल घोष को जाता है। आड़ी बाँसुरी का वादन प्रायः मुश्किल माना जाता है। सीधी बाँसुरी का वादन आड़ी बाँसुरी की वादन की अपेक्षा अत्यंत सरल है। आड़ी बाँसुरी में वादन प्रारम्भ करने से पूर्व स्वर स्थापना करना अति आवश्यक है।

(चित्र संख्या: 3.3) - षड्ज (सा स्वर)

(चित्र संख्या: 3.4) - ऋषभ (रे स्वर)

(चित्र संख्या: 3.5) - गंधार (ग स्वर)

(चित्र संख्या: 3.6) - शुद्ध मध्यम (म स्वर)

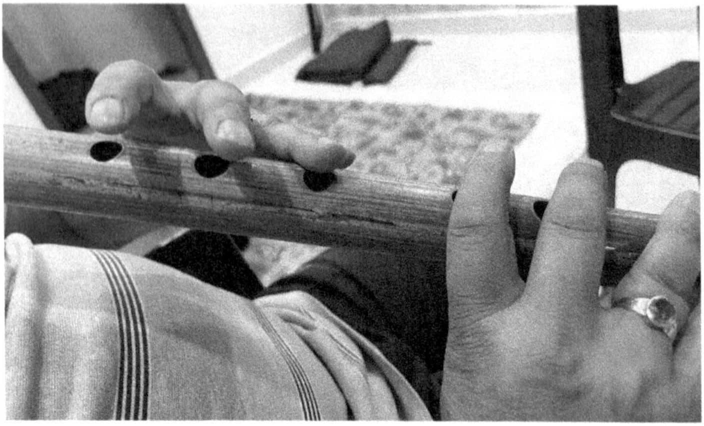

(चित्र संख्या: 3.7) - तीव्र मध्यम (म© स्वर)

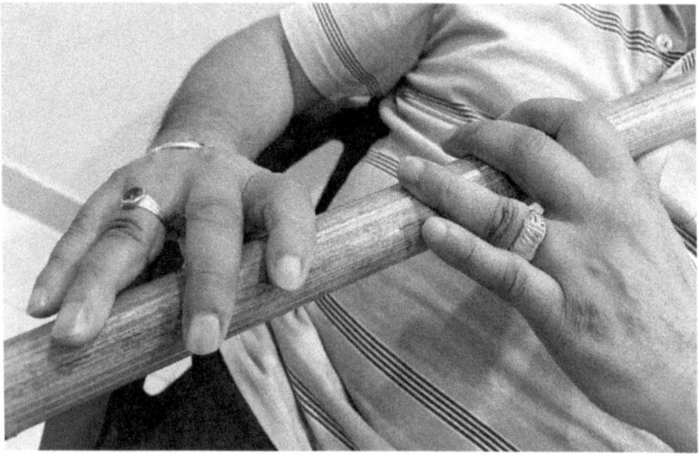

(चित्र संख्या: 3.8) - पंचम (प स्वर)

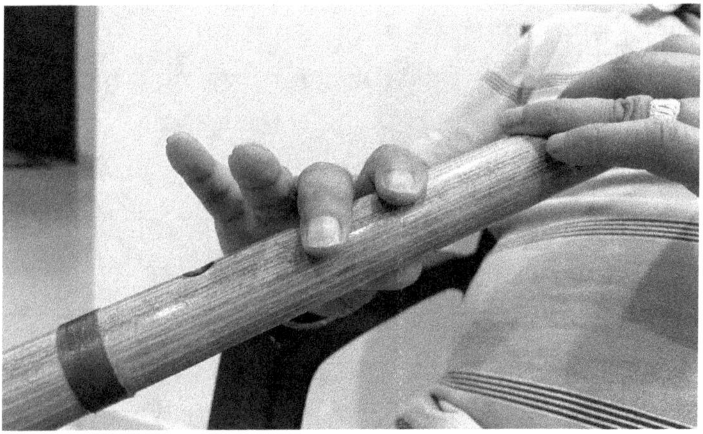

(चित्र संख्या: 3.9) - धैवत (ध स्वर)

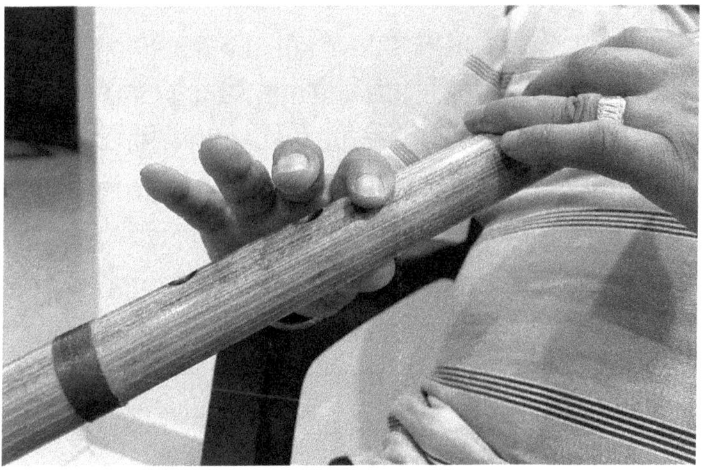

(चित्र संख्या: 3.10) - निषाद (नि स्वर)

भारतीय बाँस बाँसुरी के लिए स्केल शिफ्टिंग चार्ट -

अधिकांश संगीत वाद्यों में स्केल शिफ्टिंग का विकल्प होता हैं लेकिन विधि सभी वाद्य में अलग-अलग होती है, क्योंकि कई वाद्य में चाबियों या रिड का प्रयोग किया जाता है। जहाँ तक बाँसुरी वाद्य की

बात है तो इसके स्वर निकास के लिए साधारण रूप से छिद्रों का प्रयोग होता है जिससे सात शुद्ध स्वर, चार कोमल स्वर एवं एक तीव्र का निकास होता है। स्केल शिफ्टिंग का उपयोग मुख्य रूप से सुगम संगीत में संगत के लिए किया जाता है।

स्केल -

सकेल मूलतः विभिन्न सप्तकों में स्वरों की व्यवस्था है। भारतीय संगीत और पश्चिमी संगीत में शुद्ध स्वर ;डंरवतद्ध एवं कोमल स्वर ;डपदवतद्ध होते हैं। सप्तक में बारह स्वर होते है जिनमें सात स्वर शुद्ध, चार स्वर कोमल एवं एक स्वर तीव्र होता है। शुद्ध स्वरों के लिए बाँसुरी में छिद्रों को पूरा खोलना होता है वही कोमल स्वर को आधा ;भ्ंसद्धि खोलना होता है।

बाँसुरी वाद्य में स्केल शिफ्टिंग की आवश्यकता -

भारतीय बाँस की बाँसुरी संगीत के विभिन्न रूपों में एक बड़ी भूमिका निभाती है। बाँसुरी में स्वर निकास के लिए छः छेदों का प्रयोग होता है, जबकि शुद्ध एवं विकृत स्वरों को मिलाकर सरगम में बारह स्वरों का प्रयोग होता है, इसका अर्थ यह है कि प्रत्येक छिद्र से दो स्वरों का निकास होता है। शुद्ध स्वर को प्राप्त करने के लिए पूरे छेद को खोल देते हैं, वही कोमल स्वर के लिए आधा स्वर खोलेंगे। भारतीय संगीत की सुगम संगीत की विधा में बाँसुरी संगत करने के लिए एक कठिन वाद्य है। इस समस्या के लिए भारतीय बाँसुरी में स्केल शिफ्टिंग आवश्यक है।

स्केल शिफ्टिंग में स्वर कैसे बदलते हैं -

यदि कोई वादक भारतीय बांसुरी के रे पर मुख्य स्वर (रचना का सा) मानता है और रे से शुद्ध सरगम बजाता है तो स्वर ग और नी, कोमल ग कोमल नी बन जाएेंगे। क्योंकि हम सामान्य पैमाने के शुद्ध मध्यम के स्थान पर ग स्वर को बजायेंगे और हम सभी जानते हैं कि शुद्ध मध्यम बज़ाने के लिए हम आधा स्वर खोलते हैं और आधा स्वर कोमल स्वर का प्रतिनिधित्व करता है, नी सा (तीसरा छेद) के स्थान पर स्थानांतरित हो जाएगा और तीसरा छेद ही आधा स्वर होगा (या कोमल स्वर को एक

स्वर में गिनने पर एक स्वर और कुल 12 स्वर) के कारण बजाया जाने वाला स्वर कोमल नि होगा।

नोट: सा स्वर तीसरे छेद और म स्वर छठे छेद की स्थिति मे स्केल शिफ्टिंग में महत्वपूर्ण भूमिका निभाती है।

नोट: यह स्केल शिफ्टिंग भारतीय बांसुरी वादन शैली पर आधारित है यानी दाएं तीन छेद खोलने के बाद सा स्वर बजाना और सभी छेद बंद करने के बाद प स्वर बजाना।

संरचना के मुख्य स्वर (रचना के सा) के स्थानांतरण के साथ स्केल बदलता है, स्केल शिफ्टिंग के लिए हम सा को विभिन्न स्थान पर रखते हैं।

उदाहरण के लिए:

1. रे के स्थान पर सा मान लेंगे तो बजाये जाने वाले शुद्ध सरगम में दो कोमल (माइनर) स्वर ग और नि होंगे,

2. जब हम धा के स्थान पर सा मान लेते हैं तो बजाये जाने वाले शुद्ध सरगम में तीन कोमल (माइनर) स्वर ग, ध और नि होंगे।

भारतीय बाँसुरी में स्वर निकास के लिए अंगुलियों की पकड़ -

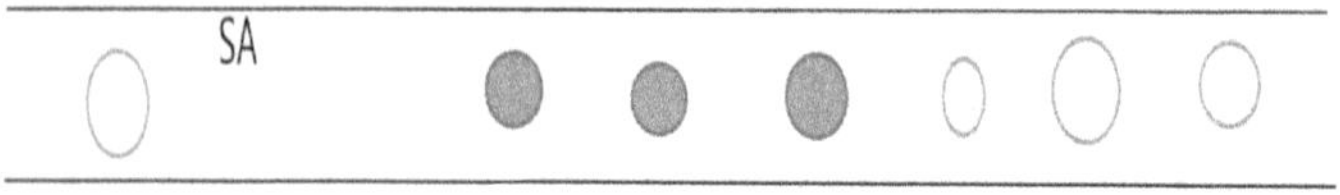

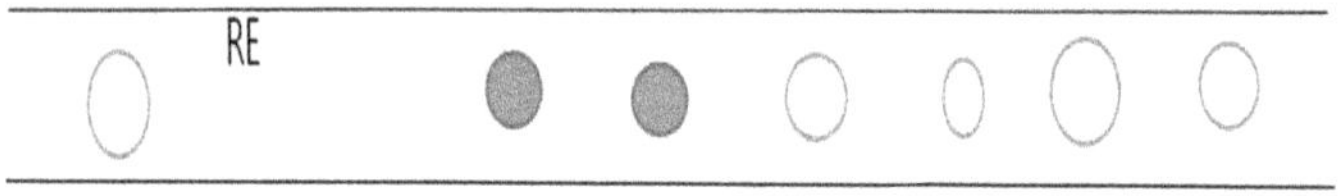

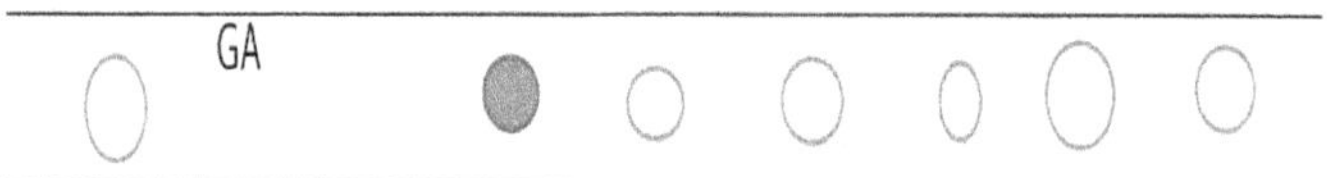

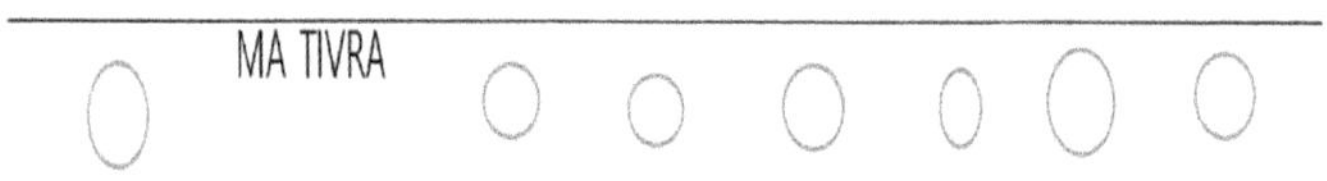

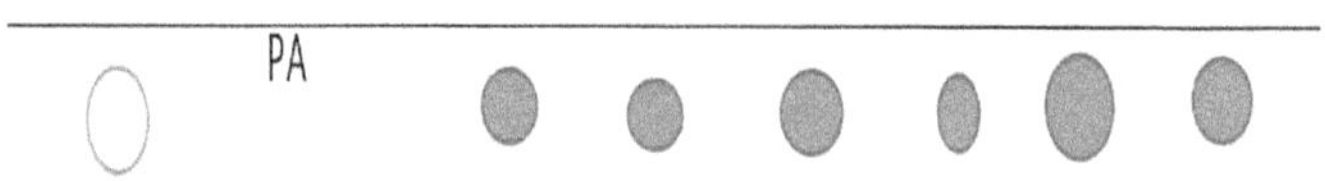

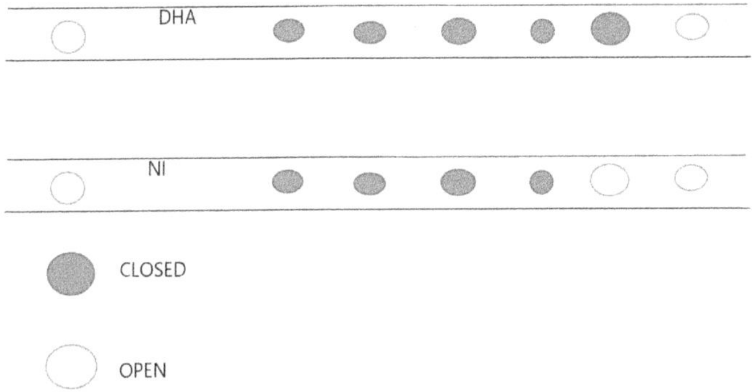

रचना (बवउचवेपजपवद) के मुख्य स्वर स के स्थानांतरण के साथ स्केल बदलता है, स्केल शिफ्टिंग के लिए हम स स्वर को विभिन्न स्थानों पर रखते हैं, उदाहरण के लिए: जब रे स्वर के स्थान पर स स्वर मान लेंगे तो बजाए जाने वाले शुद्ध सरगम में दो कोमल (उपदवत) स्वर ग और नी स्वर होंगे, जब हम ध स्वर के स्थान पर सा स्वर मान लेते हैं तो बजाए जाने वाले शुद्ध सरगम में तीन कोमल (उपदवत) स्वर ग ध और नी स्वर होंगे।

स्केल शिफ्टिंग चार्ट -

SCALE(key note) OF COMPOSITION	SA	RE	GA	MA	MA/	PA	DHA	N_I	NI
C	C	A#	G#	G	F#	F	D#	D	C#
C#	C#	B	A	G#	G	F#	E	D#	D
D	D	C	A#	A	G#	G	F	E	D#
D#	D#	C#	B	A#	A	G#	F#	F	E
E	E	D	C	B	A#	A	G	F#	F
F	F	D#	C#	C	B	A#	**G#**	G	F#
F#	F#	E	D	C#	C	B	A	G#	G
G	G	F	D#	D	C#	C	A#	A	G#
G#	G#	F#	E	D#	D	C#	B	A#	A
A	A	G	F	E	D#	D	C	B	A#
A#	A#	G#	F#	F	E	D#	C#	C	B
B	B	A	G	F#	F	E	D	C#	C

उदाहरण के लिए मुख्य सा को अन्य स्वरों में बदलते हैं तो निम्न राग प्राप्त होते हैं -

• रे को यदि सा मानते हैं तो ग नि कोमल होता है जिससे बागेश्वरी, भीमप्लासी और अहीर भैरव राग प्राप्त होंगे।

• ग को यदि सा मानते हैं तो रे ग ध नि कोमल होगा, जिससे भैरवी राग उत्पन्न होता है।

• म को सा मानने पर तीव्र म प्राप्त होता है - राग यमन

• प को सा मानने से नी कोमल हो जाता है जिससे चारुकैशी, मेघ, अहीर भैरव, पहाड़ी राग प्राप्त होते हैं।

• ध को सा मानने से ग ध नी कोमल हो जाते हैं जिससे दरबारी, किरवानी, बागेश्वरी, भीमप्लासी राग प्राप्त होते हैं।

• नी को सा मानने से रे ग ध नि कोमल हो जाते है जिससे राग मालकौंस, गुजरी तोड़ी (नी कोमल)

सीधी बाँसुरी (अलगोजा)

सीधी बाँसुरी का प्रयोग प्रायः लोक संगीत में किया जाता है। इस बाँसुरी को अलगोजा के नाम से भी जाना जाता है। सीधी बाँसुरी का प्रयोग अधिकतर पंजाबी लोक संगीत में देखने को मिलता है।

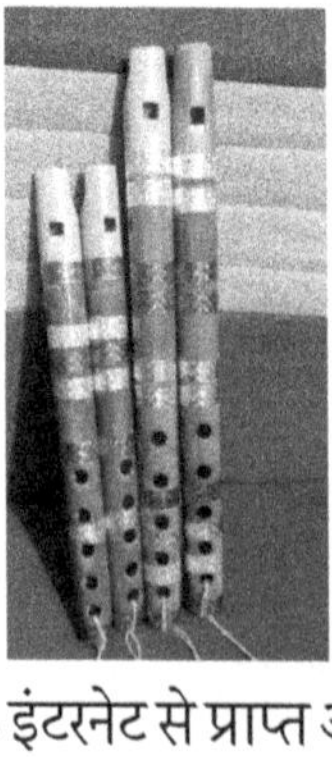

(चित्र संख्या: 3.11) - इंटरनेट से प्राप्त अलगोजा

सीधी बाँसुरी को खड़ी करके बजाया जाता है। इस प्र्रकार की बाँसुरी को प्रायः बच्चों के पास खिलौने के रूप में भी देखा जा सकता है। सीधी बाँसुरी में वायु प्रवाहित करने हेतु बाँसुरी के सिरे पर ही जीभ बनी

रहती है। वंश नालिका के आकार के आधार पर ही जीभ का निर्माण किया जाता है, तत्पश्चात् रन्ध्र आते हैं और इनकी संख्या छः में आरंभ होकर आठ तक रहती है। सीधी बाँसुरी प्रायः छः से लेकर आठ छेदों की बनाई जाती है। आड़ी बाँसुरी में वायु प्रवाह हेतु रन्ध्र बना होता है व सीधी बाँसुरी में फूँक भरने की जगह छिद्र नहीं होता। बल्कि फूँक के लिए बाँसुरी के ऊपरी सिरे पर लकड़ी की जीभ के आकार की काटकर बनाई जाती है, जो बाँस की मोटाई के बराबर होती है। सीधी बाँसुरी वादन हेतु सरल है तथा आड़ी बाँसुरी के समान इसमें स्वर स्थापना की भी आवश्यकता नहीं होती।

त्रिपुरा या टिपरा बाँसुरी

त्रिपुरा या टिपरा बाँसुरी का प्रचार प्रायः त्रिपुरा (आसाम) और पश्चिम बंगाल में अधिकतर था। यह बाँसुरी प्राय आड़ी बाँसुरी के समान जान पड़ती है, क्योंकि इसमें भी फूँक मारने हेतु मुख रन्ध्र दिया हुआ रहता है। इसका आकार बाँस की मोटाई के आधार पर निर्भर करता है। यह बाँसुरी आज से 30-40 वर्ष पहले बहुत ही प्रचलित थी जिसको टिपरा बाँसुरी कहा जाता है।

(चित्र संख्या: 3.12) - त्रिपुरा बाँसुरी बजाते हुए

त्रिपुरा बाँसुरी में कुल मिलाकर आठ रन्ध्र रहते है। इसमें एक रन्ध्र अंगूठे के लिए जोकि नीचे को रहता है तथा शेष ऊपर की ओर रहते है। इसमें आड़ी की तरह कॉर्क तथा जीभ नहीं होती, परन्तु अन्य बाँसुरी की अपेक्षा कोमल निषाद तथा शुद्ध मध्यम के छिद्र अलग-अलग होते है, यह इसकी विशेषता है। इसमें फूँक मारने का छिद्र बाँस की मोटाई के अनुसार रखा जाता है, लेकिन इसमें अन्य बाँसुरी की अपेक्षा कोमल निषाद तथा शुद्ध मध्यम के छिद्र अलग-अलग होते हैं। जो इसकी विशेषता है। इस बाँसुरी की ध्वनि मन को मोहित करने वाली होती है। इसकी मधुरता के कारण गुणीजन इसकी ध्वनि को मात्र बाँसुरी की स्वर लहरियों को सुनकर ही पहचान लेते है कि कलाकार त्रिपुरा (टिपरा) बाँसुरी बजा रहा है।

कर्नाटकीय बाँसुरी

हिन्दुस्तानी शास्त्रीय संगीत में प्रमुख रूप से दो प्रकार की संगीत शैलियाँ है, उतर भारतीय संगीत पद्धति व दूसरी दक्षिण भारतीय संगीत शैली। दक्षिण भारतीय संगीत शैली को कर्नाटक संगीत के नाम से भी जाना जाता है। दक्षिण भारतीय शैली में कर्नाटक, आंध्र प्रदेश, तेलगांना, केरल और तमिलनाडु राज्य आदि प्रमुख है, अन्य शैली हिन्दुस्तानी संगीत है, जो उत्तरी भारत में फारसी या इस्लामी प्रभावों के कारण एक विशिष्ट रूप से उभरी। दोनों संगीत पद्धतियों में जिस तरह से भिन्नता पाई जाती है उसी तरह हिन्दुस्तानी बाँसुरी ओर कर्नाटकीय बाँसुरी में भी भिन्नता पाई जाती है और ये भिन्नता बाँसुरी की बनावट, इसके छिद्रों की बनावट व आकार आदि के आधार पर यह हिन्दुस्तानी बाँसुरी से भिन्न कही जाती है। कर्नाटकीय बाँसुरी का यह प्रकार दक्षिण भारत में प्रसिद्ध है। कर्नाटकीय बाँसुरी आठ-नौ छ्रिद्रों वाली होती है, लेकिन आमतौर पर आठ छिद्रों वाली बाँसुरी का ही अधिक प्रचार है।

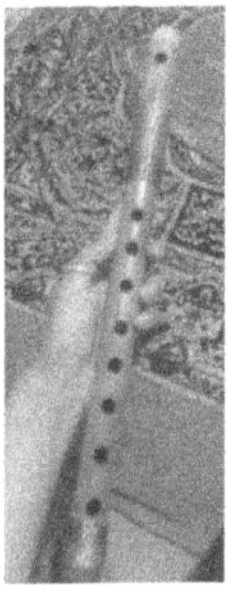

(चित्र संख्या: 3.13) - लेखक द्वारा लिया गया कर्नाटक बाँसुरी का चित्र

यह बाँसुरी उत्तर भारतीय बाँसुरी की अपेक्षा आकार में छोटी तथा इसमें छिद्र अधिक पास-पास होते हैं। पुरानी बनी हुई बाँसुरियों में मुख रन्ध्र बांस की गांठ के पास ही बनाया जाता था, लेकिन अब कॉर्क का प्रयोग किया जाता है। कर्नाटकीय बाँसुरी को आड़ी बाँसुरी की तरह बजाया जाता है। इस बाँसुरी का प्रयोग स्वतन्त्र वादन में किया जाता है। दक्षिण भारतीय संगीत शैली में कर्नाटकीय बाँसुरी अपना विशेष महत्व रखती है।

शहनाई वाद्य की उत्पति, विकास, परिचय एवं अंग

शहनाई भारतीय शास्त्रीय संगीत का एक प्राचीन एवं क्लिष्ट वाद्य है। विद्वानजनों के अनुसार यह ईरानी वाद्य है। पूरे भारतवर्ष में शहनाई को मंगल वाद्य के रूप में जाना जाता है। शहनाई जहाँ शास्त्रीय दृष्टिकोण से महत्वपूर्ण है वही लोक संगीत की दृष्टिकोण से भी महत्वपूर्ण है। शहनाई शब्द की उत्पति सह+नाभि शब्द से हुई, जिस तरह नाभि के साथ नाल जुड़ा रहता है उसी तरह नाभि के आकार रूप चाक के पीछे पत्ता लगा रहता है। इसको मुख द्वारा फूँक देने से आवाज निकलती है। शहनाई को शाहनेय, तुरही, सुनादी आदि कहते है। शहनाई भारतीय वाद्य है या विदेशी वाद्य इस विषय में संगीत विद्वानों के अपने-अपने मत है। कई विद्वानों का मत है कि इसका वास्तविक नाम 'शाहनेय' है, जिसका अर्थ क्रमशः फूँक से बनने वाला 'बाजा' तथा

'शाह' अर्थात नाम 'शाहनेय' है, जिसका अर्थ क्रमशः फूँक से बनने वाले समस्त वाद्यों का बादशाह है। यद्यपि शहनाई नाम के किसी वाद्य का उल्लेख नहीं मिलता किन्तु सुनादी नाम से एक सुषिर वाद्य का वर्णन मिलता है जिसके लक्षण शहनाई से मिलते है। पण्डित अहोबल द्वारा रचित 'संगीत परिजात' में इसका वर्णन निम्नलिखित है:

रक्तचन्दसंजातः सुनादी सुषिरान्तरः।

बदरीबीजतुल्यानि तच्छिद्राण्यर्धमानतः।।"[11]

सम्भवतः भारत में पहले शहनाई का कोई और नाम हो तथा मुस्लिमों के भारत आगमन के परिणामस्वरुप इसे 'शहनाई' कहा जाने लगा हो। पण्डित अहोबल द्वारा रचित संगीत परिजात ग्रन्थ में शहनाई को 'सुनादी' संज्ञा से पुकारा गया है, क्योंकि उसमें 'शहनाई' नामक किसी वाद्य का उल्लेख नही मिलता बल्कि 'शहनाई' से मिलते जुलते 'सुनादी' नामक सुषिर-वाद्य का वर्णन किया गया है, जिससे यह अनुमान लगाया जा सकता है कि 'सुनादी' को ही बाद में शहनाई कहा जाने लगा है।

"पण्डित शारंगदेव ने 'संगीत रत्नाकर' के छठे अध्याय 'वाद्याध्याय' में 'मधुकरी' नामक वाद्य का उल्लेख किया है, जिसके आधार पर ही शहनाई वाद्य का विकास माना जाता है ऐसा कहना व मानना अनुचित नही होगा।"[12]

लेकिन कुछ एक विद्वान शहनाई को 'फारसी' वाद्य मानते हैं। नई एक तरह का सुषिर वाद्य है जिसमें एक पत्रिका लगी होती है तथा इसमें कुल छः छिद्र होते हैं। इस वाद्य के विषय में कहा जाता है कि जब इसके वादक ने इसे अपने राजा के समक्ष बजाया तो वह इसकी ध्वनि से इतना प्रभावित हुआ कि उसने इसे 'नई-ए-शाह' कहा। इस तरह यह बाद में 'शहनई' अर्थात् 'शहनाई' हो गया।

अतिया बेगम का कथन है कि बुअलि सेना नामक व्यक्ति ने सेनाई नामक वाद्य का अविष्कार किया था। जो कालान्तर में शहनाई नाम से भारत वर्ष में प्रयोग होने लगा था।

उत्तर भारतीय संगीत में शहनाई वाद्य की भाँति दक्षिण संगीत में नागसर वाद्य प्रचलित है। दक्षिण में 'नागसर' नाम का वाद्य शहनाई जैसा होता है जो नरकुल अथवा अन्य लकड़ी का बना हुआ तथा ताँबा या चाँदी से मढ़ा होता है। यह दो से ढ़ाई फुट लम्बा बारह छिद्रों से युक्त होता है।

शहनाई के साथ-साथ लगभग उसी रूप का किन्तु लम्बाई में उससे एक वाद्य सुन्दरी नफीरी के नाम से भी प्रसिद्ध रहा है। नागस्वरम शहनाई तथा सुन्दरी में फूंक की सामग्री में सामान्य अन्तर के अतिरिक्त लम्बाई में भी अन्तर होता है। यों उन्हें सामान्य रूप से देखने पर तीनों एक से ही वाद्य लगते हैं।

सोमेश्वर ने 'मुहुर नाम के सुषिर वाद्य का जो वर्णन किया है, वह शारंगदेव के मधुकरी के समान है। अतः स्पष्ट है कि सोमेश्वर के समय जो महुरिका वाद्य या, वही शारंगदेव के समय में मधुकरी के नाम से जाना जाता था। शारंगदेव ने 'वाद्याध्याय' में 'मधुकरी' नामक वाद्य का विवरण दिया है। उसके आधार पर शहनाई वाद्य का विकास हुआ है, ऐसा मानना अंसगतिपूर्ण नहीं होगा।

डॉ. लाल मणि मिश्र के अनुसार नागस्वर या तूर्य वाद्य जो दक्षिण भारत के देवालयों में उत्सव, शादी, जुलूस आदि मंगल अवसरों पर बजाया जाता है। दूर से देखने में उतर भारतीय शहनाई जैसा प्रतीत होता है, किन्तु आकार में यह शहनाई से बड़ा होता है।

सभी ग्रन्थकारों ने 'काहला' को धतूरे की पुष्प आकृति का बताया है। शारंगदेव, सोमेश्वर ने ताँबे, चाँदी, सोने से बनाए जाने को कहा है। अहोबल ने धातु से बनाने को कहा किन्तु धातु विशेष का नाम नही बताया है। गुनियात उलू मुनिया ने ताँबे से बनाए जाने को कहा है। अहोबल ने इसका वादन शुभ बताया है। आधुनिक समय में जिस प्रकार शहनाई का वादन शुभ माना जाता है। उसी प्रकार उस समय 'कहली' का वादन शुभ माना जाता होगा।

अतः यह माना जा सकता है कि काहला, काहली, मधुकरी और नागस्वर आदि प्राचीन वाद्ययंत्र वर्तमान काल के शहनाई वाद्य से मेल खाते थे। इसके अतिरिक्त महाराष्ट्र प्रदेश में सुन्दरी नामक सुषिर वाद्य को लोग शहनाई की छोटी बहन के रूप में मानते हैं।

शहनाई वाद्य का विकास

पुरातन काल से ही शहनाई वाद्य को मांगलिक वाद्य माना जाता है। समाज के प्रत्येक शुभ अवसरों विवाह, धार्मिक अनुष्ठानों एवं पर्वों में शहनाई वादन किया जाता था। इसके साथ ही शहनाई राजदरबारों और नौबतखानों का वाद्य यंत्र या जहां पर शहनाई वादक राजा के आश्रय में रहकर शहनाई वादन किया करते थे। इसके अलावा शहनाई का वादन मुर्हम के समय मातमी नौहा पड़ा जाता था, उसके साथ भी शहनाई वादन किया जाता था। इसके अतिरिक्त शहनाई को मुख्य रूप से लोक संगीत का वाद्य माना जाता था एवं शास्त्रीय संगीत के समारोहों में इसका स्थान नगण्य सा था। शहनाई को मांगलिक अवसरों पर विशेष रूप से बजाया जाता है। इस वाद्य यन्त्र का प्रयोग विशेषतया विवाहोत्सव, मेले-त्यौहार, लोक नाट्य आदि उत्सवों में किया जाता है। वाद्य-वृन्द में शहनाई अपनी अहम भूमिका निभाता है। लोक वाद्य वृंद में शहनाई को लय में दिखाने के लिए विभिन्न धुनों और रागों की बन्दिशों को बजाकर नग्मे के रूप में प्रस्तुत किया जाता है। लोक वाद्य पर मुख्यतः भैरवी, पहाड़ी रागों से सम्बन्धित लोक धुने बजाई जाती हैं। इस वाद्य पर बजने वाली अधिकतर लोक धुने आठ, बारह, चैदह, दस तथा सोलह मात्राओं की तालों में बजाई जाती हैं।

नौबत खानों एवं राजदरबारों से बाहर, शहनाई वाद्य को शास्त्रीय संगीत के क्षेत्र में प्रतिष्ठित उच्चतर शिखर पर शहनाई वाद्य एवं वादकों को उच्च स्तर पर सम्मान दिलाने का पूर्णरूप से श्रेय उस्ताद बिस्मिल्लाह खां साहब को जाता है।

उतर भारतीय शास्त्रीय संगीत में उस्ताद बिस्मिल्लाह खां साहब ने शहनाई जैसे कठिन वाद्य को उच्चतम स्थान प्रदान करवाया। जिससे यह वाद्य यंत्र राजदरबारों में ही नहीं बल्कि पूरे भारत और विश्व में प्रसिद्ध हो गया।

उस्ताद बिस्मिल्लाह के वालिद पैगम्बर बक्श मियाँ डुमराव राजा के मुलाजिम थे, इनका पुश्तैनी पैशा शहनाई वादन था। बिस्मिल्लाह हमारे यहाँ और उनके पूर्वज हमारे यहाँ शहनाई का वादन किया करते थे। खाँ साहब जब भी डुमराव आते थे बाँके बिहारी के मंदिर जाया करते थे और वहां शहनाई वाद्य का वादन किया करते थे।

साथ ही राजदरबार में राजा महाराजों के मनोरंजन के लिए बनारस के बहुत सारे शहनाई वादक अनेक स्थानों पर राजाओं के आश्रय में रहा करते थे। बनारस घराने से सम्बन्ध रखने वाले पण्डित गौरी शंकर जो सुप्रसिद्ध शहनाई वादक रहे इन्होंने भी शहनाई वाद्य की शिक्षा अपने शिष्यों और अपने पुत्रों को प्रदान की। गौरी शंकर के सबसे बड़े पुत्र पण्डित रघुनाथ प्रसन्ना, पण्डित भोलानाथ प्रसन्ना एवं पण्डित विष्णु प्रसन्ना ने शहनाई वाद्य को अपनाया। इनसे पहले न जाने कितने पहले से इस खानदान में शहनाई वादन की परंपरा चली आ रही थी, जो राजाओं के दरबार में नौबत खानों में प्रचलित हुआ करती थी।

पण्डित गौरी शंकर एवं उनके पुत्र पण्डित रघुनाथ प्रसन्ना पश्चिम बंगाल के कुच बिहार के राजा के दरबार में नौबत खाने में शहनाई वादन किया करते थे। पण्डित रघुनाथ प्रसन्ना, पण्डित भोलानाथ, पण्डित विष्णु प्रसन्ना एवं पण्डित अनन्त लाल से शहनाई वादन अब प्रतिष्ठित मंचों पर आ गया था। इन सभी कलाकारों ने आकाशवाणी एवं दूरदर्शन के माध्यम से शहनाई वाद्य का प्रचार प्रसार किया।

भारत की आजादी तक आते-आते शहनाई वाद्य इतना विकसित हो गया कि 15 अगस्त, 1947 को लाला किला की प्राचीर से शहनाई वादन करके आजाद भारत की आवाम को अपनी शहनाई से मंत्रमुग्ध कर उस्ताद बिस्मिल्लाह खां भारतीय इतिहास का हिस्सा बन गए और जब

देश अपनी आजादी का स्वर्णजयन्ती समारोह मना रहा था तब भी खां साहब ने खूब वाह-वाही लुटी।

खाँ साहब जी ने 1941 के दौर में शहनाई को मायानगरी मुम्बई तक पहुँचा दिया और संगीत निर्देशक नोशाद और बसंत देसाई से मुलाकात, इसी बीच खां साहब ने गीताबाली के साथ भूमिका निभाई। इसी दौरान 'फिल्म आवारा' में घर आया मेरा परदेसी में मुखड़ा एवं अन्तरा के दरमया शहनाई से रंग भरे। 'फिल्म बाबूल' में शमशाद बेगम के साथ शहनाई में संगत की। 1962 में फिल्म 'गुंज' उठी शहनाई में दिल का खिलौना हाए टूट गया' में शहनाई के विकास का इतिहास बन गया।

बनारस के कलाकारों ने शहनाई वाद्य को अपने परिवार में तो विकसित किया ही साथ ही देश के कोने-कोने में शहनाई वाद्य का प्रचार-प्रसार किया। उस्ताद बिस्मिल्ला खां, पण्डित रघुनाथ प्रसन्ना, पण्डित भोलानाथ प्रसन्ना, पण्डित विष्णु प्रसन्ना और अनन्त लाल तमाम ऐसे बुजुर्ग शहनाई वादक जिन्होंने शहनाई वाद्य को पूरे भारत में ही नहीं बल्कि पूरे विश्व में इस वाद्य को एक नई पहचान दिलवाई।

पण्डित दया शंकर अपनी 40 वर्षीय शहनाई अपने संगीत कक्ष में रखते है। प्रसिद्ध शहनाई वादक पण्डित अनन्त लाल तथा उनके परिवार ने लगभग 450 वर्षों तक वाद्य यांत्र का वादन किया है। पण्डित दया शंकर जी का कहना है कि पिछले कुछ वर्षों में विशेष रूप से बिस्मिल्लाह खान की मृत्यु के बाद संगीत कार्यक्रम कम हो गए है। 2012 में ऑल इंडिया रेडियो में शहनाई वादक के पद से सेवानिवृत हुए शंकर का कहना है कि 1936 में आकाशवाणी के गठन के बाद रेडियो एक ऐसा स्थान था जिसने स्वतंत्रता के बाद जब राजाओं से उनकी शक्ति छीन लेने के बाद भी संगीतकारों, शहनाई वादकों को संरक्षण दिया।

पण्डित राजेन्द्र प्रसन्ना जो शहनाई तथा बाँसुरी वाद्य दोनों में ही विश्वविख्यात कलाकार है। उनका कहना है कि शहनाई जैसे कठिनतम वाद्य को सीखने में खुद में झांकने के लिए 'बड़े पैमाने पर फेफड़ों की

शक्ति और सांस पर नियंत्रण' की आवश्यकता होती है इनका मानना है कि जब कलाकार अपने भोजन के बारे में चिंतित हो जाता है तो कला मर जाती है।

शहनाई वाद्य की मांग में गिरावट के साथ इस वाद्य को बनाने वाले कारीगरों की संख्या भी कम हो गई है, विशेष रूप से मशहूर वाराणसी, के कारीगरों का खासतौर पर नुकसान हुआ है। पण्डित दया शंकर वाराणसी के कारीगर मोहम्मद सफी की बात करते है, जिन्होंने बिस्मिल्लाह खां के लिए शहनाई बनाई थी और इनका यह पेशा पीढ़ियों से चला आ रहा था, लेकिन अब ये पेशा धीरे-धीरे समाप्त होता जा रहा है। जब ये शिल्प खत्म होने पर है तो सफी अपने बेटों के साथ भारत बैण्ड पार्टी में शामिल हो गए। वह अपने खाली समय में ही शहनाई पर काम करते है। अन्य कारीगरों ने जीवित रहने के लिए फर्नीचर बनाना शुरू कर दिया। संजय रिक्खी जो प्रसिद्ध त्पीप तं्उ दकैवदश् के मालिक है, जो दिल्ली की सबसे पुरानी वाद्य यंत्रों में से एक दुकान है, अपनी कनाट प्लेस की दुकान में स्टाक की गई शहनाईयों को बनाने के लिए हमेशा वाराणसी के कारीगरों पर निर्भर रहे। उनके पास अब विदेशियों की बढ़ती संख्या के बावजूद शहनाई के लिए मुश्किल है, बहुत कम शहनाई बनाने वाले बचे हैं।

शहनाई वाद्य का परिचय एवं अंग

भारतीय शास्त्रीय संगीत में शहनाई वाद्य 'फूँक' द्वारा बजाया जाने वाला सुषिर वर्ग का वाद्य है। शारंगदेव ने वाद्याध्याय में 'मधुकरी' नामक वाद्य का विवरण दिया है। इसी के आधार पर शहनाई वाद्य का विकास हुआ है ऐसा मानना असंगतिपूर्ण नहीं होगा। पश्चिम का 'ओबो' वाद्य शहनाई के समान ही होता है परन्तु मूल अन्तर यह है कि 'ओबो' में स्वरों की प्राप्ति सीधे अँगुलियों से नहीं होती, बल्कि स्वरों को चाबी के माध्यम से प्राप्त किया जाता है।

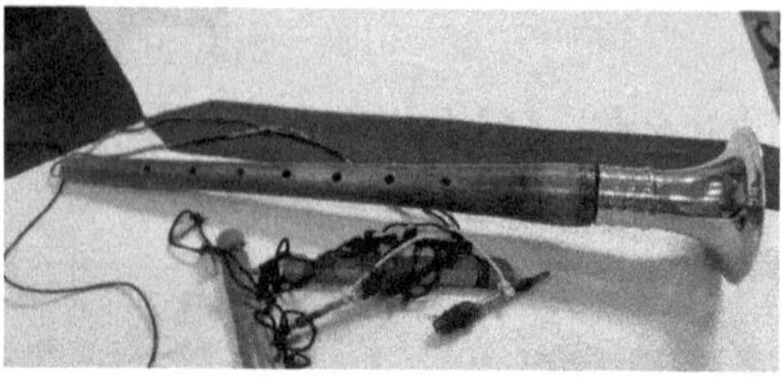

(चित्र संख्या: 3.14) - शहनाई वाद्य

शहनाई वाद्य लकड़ी का बना होता है तथा शहनाई वाद्य रीडयुक्त वाद्य है, जिसको होठों के बीच में रखकर बजाया जाता है। इस वाद्य की लम्बाई पन्द्रह सोलह इंच होती है, जिसमें ऊपरी भाग में रीड़ या पती लगी होती है। इसमें सात छिद्र होते हैं जिनको अँगुलियों द्वारा खोलने एवं बन्द करने से विभिन्न स्वर उत्पन्न होते हैं। इसमें आगे का भाग सीधा होता है तथा नीचे के भाग में पीतल का प्याला जैसा होता है जिससे इसकी ध्वनि बाहर की और फैलती है।

शहनाई वाद्य के मुख्य अंग इस प्रकार से है:

(1) रिड (पत्तुर): यह एक प्रकार की घास 'नरकट' से बनाई जाती है। यह बिहार के डुमराव में सोन नदी के किनारे पाई जाती है। रीड़ अन्दर से पूरी खोखली होती है। इसी की सहायता से शहनाई में वायु को प्रवेश दिया जाता है। शहनाई का वास्तविक में अपना कोई स्वर नहीं होता। शहनाई को स्वर में बजाने के लिए सर्वप्रथम इसके रिड को अपने वश में करना पड़ता है। यदि इसका रिड़ आपके मुताबिक नहीं है तो शहनाई पूर्णतया: बेसुरी बजेगी।

(2) चपील: यह रीड की सुरक्षा के लिए होता है। रिड बजाने पर खुल जाता है। इसमें पुनः डालने पर वह अपने आप जुड़ जाता है।

(3) सूजा या सुआ: रीड के छिद्र को खोलने के लिए हुक होता है रीड, चपील तथा सूजा को वादक अपनी शहनाई में ऊपर एक डोरे से बाँधे रखते है, जिसको आवश्यकता पड़ने पर प्रयोग में लाया जा सके।

(4) पत्र: पत्र को मुलायम करने के लिए इसे काट-काट कर पानी में डाला जाता है। कुछ लोग इसे मुँह में डालकर भी बनाते है। मुँह में

लगभग आधा घण्टा पत्र को रखते है। इस प्रकार से तैयार करके जो रीड बनता है, उसमें उतम नाद निकलता है।

(5) प्याला: नीचे गोल पीतल का गोला सा लगाते है जिसे प्याला कहा जाता है इससे ध्वनि बाहर की ओर फैलती है।

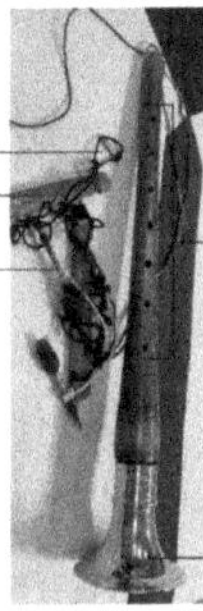

(चित्र संख्या: 3.15) - शहनाई वाद्य के अंग

शहनाई वाद्य के साथ दुक्कड़ वाद्य की संगीत एवं दुक्कड़ वाद्य के कलाकार

दुक्कड़ वाद्य

दुक्कड़ एक लोक वाद्य है। मुख्य रूप से इसका प्रयोग शहनाई वाद्य के साथ ताल रूप में संगत के लिए किया जाता है। इस वाद्य का स्वरुप छोटे नगाड़ों की भान्ति होता है। इसके दाहिने भाग में पतली खाल की जालदार डोरियों से कसा जाता है। इसके दोनों भाग लगभग समान ऊँचाई एवं चैड़ाई के होते है। यह वाद्य ढ़ाचा पहले विशेष प्रकार की मिट्टी का बना होता था, लेकिन वर्तमान समय में इस प्रकार के मिट्टी के ढ़ांचे बनाने वाले कारीगर नहीं रहे। अब इसका ढ़ांचा लोहे या पीतल का बना होता है।

(चित्र संख्या: 3.16) पण्डित मंगल प्रसाद दुक्कड़ वाद्य के साथ

बनारस के प्रसिद्ध दुक्कड़ वाद्य पण्डित मंगल प्रसाद ने बताया कि पहले मेरे दादा ने दुक्कड़ बनाना शुरु किया था। दुक्कड़ बनाने में अब पण्डित मंगल प्रसाद तीसरी पीढ़ी का प्रतिनिधित्व कर रहे है। मंगल प्रसाद खुद दुक्कड़ बजाते एवं बनाते है। पहले दुक्कड़ को चिकनी मिट्टी के सांचे में ढाल कर आकार दिया जाता था। समय के साथ अब लोहे से भी दुक्कड़ बनाई जाने लगी। हाँलाकि दोनों की आवाज़ में अन्तर महसूस किया जा सकता है।

दुक्कड़ वाद्य का प्रयोग शहनाई वाद्य के साथ ताल वाद्य के रूप में किया जाता था। जिससे शहनाई वादन निखर कर आता था। बहुत से शहनाई वादक कार्यक्रम पेश करते समय तबला एवं दुक्कड़ वाद्यों का प्रयोग करते थे।

दुक्कड़ वाद्य कलाकार पण्डित मंगल प्रसाद

मंगल प्रसाद का जन्म बनारस में 10 दिसम्बर 1950 को हुआ। आपके पिता का नाम स्व० नान्हक राम था। सर्वप्रथम आपने दुक्कड़ व ढोलक की शिक्षा अपने पिता स्व० नान्हक राम से प्राप्त की जब आपकी उम्र लगभग आठ वर्ष रही होगी। स्व० नान्हक राम प्रख्यात शहनाई वादक स्व० पण्डित नन्दलाल के साथ दुक्कड़ बजाया करते थे। पण्डित मंगल प्रसाद ने अपने पिता से शिक्षा लेने के पश्चात ठुमरी सम्राट पण्डित महादेव प्रसाद मिश्रा से दुक्कड़ में लयकारी व अन्य तालों की शिक्षा प्राप्त की।

पण्डित मंगल प्रसाद आकाशवाणी वाराणसी के बी०हाई० श्रेणी के कलाकार है। आपने अपने बड़े भाई स्व० बुद्ध लाल (शहनाई वादक), कन्हैया लाल, हिरा लाल एवं पण्डित विष्णु प्रसन्ना के साथ दुक्कड़ पर संगत की। पण्डित राजेन्द्र प्रसन्ना के साथ आपने अहमदाबाद, जबलपुर, मुम्बई, कलकत्ता, भोपाल, दिल्ली, वाराणसी में अनेकों कार्यक्रमों में संगत की।

आपके दुक्कड़ वादन की मुख्य विशेषता है कि जिस प्रकार से तबले में वादन किया जाता है, उसी प्रकार दुक्कड़ में भी विभिन्न लयकारियों एवं विभिन्न तालों का वादन करना आपकी विशेषता है।

सन्दर्भ सूची -

1 शर्मा, संजीव कुमार. (2014). भारतीय संगीत परंपरा. दिल्ली: कल्पना प्रकाशन, पृ०सं० 76

2 भार्गव, अंजना. (2009). भारतीय संगीत शास्त्रों में वाद्यों का चिन्तन. नई दिल्ली: कनिष्क पब्लिशिंग डिस्ट्रीब्यूटर्स, पृ०सं० 106

3 वही

4 वही

5 Book source, Digital library of India Item 2015

6 वालिया, सीमा रानी. (2007). स्वर वाद्यों के वादन में ठुमरी और धुन प्रचलन एवं महत्व. दिल्ली: संजय प्रकाशन, पृ०सं० 89

7 वही, पृ०सं० 92

8 पण्डित नित्यानंद हल्दीपूर, चर्चा, मुम्बई 19/3/2022, 11 बजे प्रातः

9 भारद्वाज, विकास. (2018). बाँसुरी वादक पण्डित पन्नालाल घोष व्यक्तित्व एवं कृतित्व. दिल्ली: कनिष्क पब्लिशिंग हाउस, पृ०सं० 25

10 वही, पृ०सं० 31

11 मिश्र, लाल मणि. (1973). भारतीय संगीत वाद्य. नई दिल्ली: भारतय ज्ञानपीठ प्रकाशन, पृ०सं० 107

12 कौशल, ललित कुमार. (2012). हिन्दुस्तानी शास्त्रीय संगीत में वाद्यात्मक रस भावभिव्यक्ति. कनिष्क पब्लिशर्स, डिस्ट्रीब्यूटर्स, पृ०सं० 126

4

पं. रघुनाथ प्रसन्ना की वादन शैली की विषेषताएं तथा शहनाई एवं बाँसुरी पर स्वर बंदिशें एवं रचनाएँ

गायकी अंग से प्रभावित वादन शैली

पण्डित रघुनाथ प्रसन्ना का सम्बन्ध बनारस घराने से रहा है। बनारस घराने का नाम सुनते ही जहन में गायकी अंग का आना स्वाभाविक है क्योंकि बनारस घराने का सम्बन्ध मुख्य रूप से बहुत बड़े-बड़े मषहूर गायकों से रहा है। गायकी अंग बनारस घराने की विशेषता रही है। बनारस में जितने भी कलाकार हुए, उनका सम्बन्ध चाहे जिस भी विधा से रहा हो, उनके वादन या गायन में बनारसी अंग अवष्य प्रकट होता है। माना जाता है कि बनारस में जो भी कलाकार अपने वाद्य को बजाता है उससे गायकी स्वतः पैदा होती है। ऐसे ही पण्डित रघुनाथ प्रसन्ना ने भी शहनाई एवं बाँसुरी में गायकी अंग का अनुसरण करते हुए, शहनाई एवं बाँसुरी को गरिमा प्रदान की। कहा जाता है कि इनकी बाँसुरी एवं शहनाई बजती नहीं थी बल्कि गाती थी।

पण्डित जी ने शहनाई तथा बाँसुरी के साथ गायन की विधिवत् षिक्षा बनारस के प्रसिद्ध गायक पण्डित 'दाऊ जी मिश्र' से प्राप्त की। आपने पण्डित दाऊ जी मिश्र से ख्याल एवं बनारस की खास चीज़ें जैसे कजरी, चैती, होरी, ठुमरी की भी तालीम ली। अतः आपके वादन में गायकी का समावेष साफ सुनाई पड़ता था। साथ ही साथ आपने अपने शागिर्दों में भी गायकी अंग से वाद्य वादन की षिक्षा दी।

गायकी अंग से राग रचना को सुन्दर एवं मधुर बनाने के लिए शृंगारिक तत्त्व जैसे मीड़, खटका, गमक, मुर्की, बांट इत्यादि की आवष्यकता होती है, पण्डित रघुनाथ प्रसन्ना अपने शहनाई तथा बाँसुरी

में इन तत्त्वों का प्रयोग बखूबी ढ़ंग से करते थे। साथ ही राग रचना में सुर, लय, ताल रचना को सुन्दर एवं मधुर बनाते थे। बाँसुरी में गायकी अंग के इन तत्त्वों का प्रयोग किस प्रकार करना होता था, ये रियाज एवं गुरु से प्राप्त की हुई तकनीक पर निर्भर करता था।

गायकी अंग के अतिरिक्त शहनाई वाद्य का अपना एक अंग होता है। जिसके द्वारा राग को प्रस्तुत किया जाता था। पण्डित रघुनाथ प्रसन्ना शहनाई अंग एवं गायकी अंग से बाँसुरी वादन करते थे। पण्डित रघुनाथ प्रसन्ना के वादन में एक चुम्बकीय आकर्षण था। उनकी वादन शैली से ऐसा प्रतीत होता था मानो बाँसुरी या शहनाई स्वयं कंठ से गायन प्रस्तुत कर रही हो। वादन शैली में गायकी अंग होने के कारण इनका बाँसुरी वादन अत्यधिक मधुर एवं कर्णप्रिय होता था। वर्तमान समय में यही विशेषता पण्डित रघुनाथ प्रसन्ना के पुत्र 'पण्डित राजेन्द्र प्रसन्ना' के वादन में भी साफ सुनाई पड़ती है।

वादन में अनेक गायन शैलियों का समावेष एवं बनारस की गायन शैलियाँ

पण्डित रघुनाथ प्रसन्ना राग रचना गायकी से प्रस्तुत करते थे। कार्यक्रम पेष करते समय बनारस के मुख्य अंग जैसे ठुमरी, कजरी, चैती, होरी आदि का भी वादन आपके द्वारा किया जाता था। पण्डित जी अधिकांशतः एक भजन का भी वादन किया करते थे। जिसके बोल इस प्रकार थे।

"हरिगुण गाईके तुलासा मंगन भई"[1]

भारतीय शास्त्रीय संगीत में बनारस की विभिन्न गायन शैलियों का महत्त्वपूर्ण स्थान रहा है। बनारस के संगीताचार्यों ने उन बनारसी शैलियों को उपषास्त्रीय गायन के रूप में विकसित किया। उपषास्त्रीय गायन में ठुमरी, चैती, चैता, कजरी, होरी में भावाभिव्यक्ति में काफी समानता पाई जाती है। प्रायः यह प्रतीत होता है कि ये सभी गायन विधाएँ ज्यादातर खमाज, बिलावल, काफी एवं देष राग पर आधारित होती है।

चैती, चैता और घाटो

बनारस में चैता, चैती और घाटों तीन प्रकार माने जाते हैं। बनारस में देहातों में 'चैता' की गायकी होती थी। चैता का अर्थ भगवान राम का जन्म चेत राम नवमी को होता है, तब इसका गायन किया जाता था। 'चैता' पुरुष प्रधान है और इसको ज्ञान स्वरुप माना जाता था। 'चैती' को स्त्री प्रधान एवं भक्ति स्वरुप माना जाता था। इसके तीसरे स्वरुप को घाटो कहा जाता है जो विरह का प्रतीक है।

चैता: बनारस में चैता के गायन के लिए देहात के लोग हाथों में झाल, ढोल लेकर इसका गायन किया करते थे। 'राम' जन्म से सम्बन्धित एक प्रसिद्ध 'चैता' इस प्रकार है।

राग - मिश्र पहाड़ी

ताल - दीपचन्दी

"अरे अवध में बाजेला बधईयाँ होरामा, अवध नगरियां
राम, लक्षीमन, भरत शत्रुघ्न, जन्म लिए चारों भईया ओ रामा"[2]

स्थाई

1	2	3	4	5	6	7	8	9	10	11	12	13	14
ग	ग	–	ग	–	ग	–	ग	रे	–	ग	–	म	–
अ	व	ऽ	ध	ऽ	में	ऽ	बा	जे	ऽ	ला	–	ब	ऽ
ग	–	–	रे	–	स	ऩी	ऩी	स	ऩी	स	ग	रे	–
धै	ऽ	ऽ	या	ऽ	हो	ऽ	रा	ऽ	ऽ	मा	ऽ	ऽ	ऽ
नी	स	ऩी	स	रे	रे	ग	ग	रे	रे	स	–	–	–
अ	व	ऽ	ध	ऽ	ऽ	न	ग	री	ऽ	या	ऽ	ऽ	ऽ

अंतरा

1	2	3	4	5	6	7	8	9	10	11	12	13	14
ग	–	–	प	–	प	–	प	–	–	प	–	प	–
रा	ऽ	ऽ	म	ऽ	ल	ऽ	छ	ऽ	ऽ	म	ऽ	न	ऽ
प	ध	–	ध	–	नी	–	प	–	–	प	–	–	–
भ	र	ऽ	त	ऽ	श	–	त्रु	ऽ	ऽ	घ	ऽ	न	ऽ
ग	ग	–	ग	–	स	रे	ग	रे	–	ग	–	म	–
ज	न	ऽ	म	ऽ	लि	ऽ	ये	ऽ	ऽ	चा	ऽ	रों	ऽ
ग	–	–	रे	–	स	ऩी	ऩी	स	ऩी	स	ग	रे	–
भै	ऽ	ऽ	या	ऽ	हो	ऽ	रा	ऽ	ऽ	मा	ऽ	ऽ	ऽ
नी	स	ऩी	स	रे	रे	ग	ग	रे	रे	स	–	–	–
अ	व	ऽ	ध	ऽ	ऽ	न	ग	रि	ऽ	या	ऽ	ऽ	ऽ
x			2				0			3			

चैती: 'चैता' में पुरुष भगवान की आराधना करता है और 'चैती' में स्त्री अपने पति की आराधना करती है, 'चैती' उत्तर प्रदेष में चैत्रमास में गाया जाने वाला एक 'लोकगीत' है। चैती एक शृगांर रस प्रधान गायकी है। चैती गायन-भारतीय संस्कृति के अनुसार होलिका पर्व के पश्चात् 'चैत माह' का आरम्भ होने पर गाई जाती है। 'चैती' उत्तर प्रदेष में 'चेतराम नवमी' में गाए जाने वाला प्रसिद्ध लोकगीत है। बनारस में 'चैती उत्सव' मनाया जाता है, जिसको "गुलाब बाड़ी" के नाम से भी जाना जाता है। एक मान्यता के अनुसार बारह महीनों में चैत का महीना संगीत मास के रूप में जाना जाता है। चैती गायन की रचनाएँ ;(Composion) अधिकांष राग काफी, पहाड़ी, पीलू, राग पर आधारित होती हैं। इस

विधा में दीपचन्दी, कहरवा आदि तालें प्रयुक्त की जाती है। एक प्रसिद्ध चैती इस प्रकार है।

"अरे शैजियां से सईयाँ रूठ गएन ओरामा
अरे कोयल तोरि बोलियाँ रे।।"[3]

राग - मिश्र पहाड़ी

ताल - दीपचन्दी

स्थाई

1	2	3	4	5	6	7	8	9	10	11	12	13	14
प	ध	–	स	–	स	–	रेग	सरे	–	ग	–	म	–
से	जि	ऽ	या	ऽ	से	–	सैंऽ	याँऽ	ऽ	रु	ऽ	ठ	ऽ
ग	–	–	स	–	नी़	–	नी़	स	नी़	स	ग	रे	ऽ
ग	ई	ऽ	ले	ऽ	हो	ऽ	रा	ऽ	ऽ	मा	ऽ	ऽ	ऽ
नी़	नी़	स	रे	–	ग	–	रे	स	–	नी़[ध]	ध़	नी़	प़
को	यं	ल	तो	ऽ	री	ऽ	बो	लि	ऽ	या	ऽ	रे	ऽ
x			2				0			3			

अंतरा

स	रे	–	म	–	म	–	प	–	–	प	–	प	–
रो	ऽ	ऽ	ज	ऽ	तू	ऽ	बो	ले	ऽ	ली	ऽ	ऽ	ऽ
म	–	–	प	–	–	–	प	ध	–	(म)	–	ग	रे
सां	ऽ	ऽ	झ	ऽ	स	ऽ	बे	र	ऽ	वा	ऽ	ऽ	ऽ
ग	–	–	ग	–	ग	सरे	ग	सरे	–	ग	–	म	–
आ	ज	ऽ	का	ऽ	हे	ऽऽ	बो	लीऽ	ऽ	आ	ऽ	धी	ऽ
ग	–	–	स	–	नी़	ऽ	नी़	स	नी़	स	ग	रे	ऽ
र	ति	ऽ	यां	ऽ	हो	ऽ	रा	ऽ	ऽ	मा	ऽ	ऽ	ऽ
x			2				0			3			

घाटो: कई वर्ष पूर्व 'चैती' के तीनों रूपों का गायन किया जाता था जिसमें चैती, 'चैता' एवं 'घाटो' का वर्णन मिलता है। घाटो चैती गायन

में ज्यादातर निर्गुण गाए गए है। घाटो गायन में जोग-वियोग का वर्णन मुख्य रूप से किया जाता था। घाटों की एक रचना इस प्रकार है।

"जोगी संगवारे होंईबै जोगनिया हो रामा

इंक तो जोगी दुसरे रस भोगी, अरे तीसरे सजनवा हो रामा।।"[4]

राग - मिश्र पहाड़ी

ताल - अद्धाताल

स्थाई

1	2	3	4	5	6	7	8	9	10	11	12	13	14	15	16
ग	ग	ग	ग	सरे	गम	रेग	स–	ग	ग	–	स	स	रे	ग	म
जो	गी	सं	ग	वा	ऽ	ऽ	रे	होई	बै	ऽ	जो	ग	नि	या	हो
ग	–	–	–	स	–	–	–	ग	ग	–	–	–	–	–	–
रा	ऽ	ऽ	ऽ	मा	ऽ	ऽ	ऽ	अ	रे	ऽ	जो	गी	ऽ	सं	ग
स	रे	ग	(म)	ग	रे	ग	स	ग	ग	–	स	स	रे	ग	म
वा	ऽ	ऽ	(ऽ)	रे	ऽ	ऽ	ऽ	होई	बै	ऽ	जो	ग	नि	या	हो
ग	–	–	–	स	–	–	–								
रा	ऽ	ऽ	ऽ	मा	ऽ	ऽ	ऽ								
x				2				0				3			

अंतरा

ग	म	प	नी	सं	–	सं	–	–	नी	नी	नी	नी	सं	ध	सं
इ	क	तो	ऽ	जो	ऽ	गी	ऽ	ऽ	दु	स	रे	र	स	भो	ऽ
नी	ध	प	ग	ग	–	–	–	म	ग	–	स	स	रे	ग	म
गी	ऽ	ऽ	अ	रे	ऽ	ऽ	ऽ	ति	स	रे	स	ज	न	वा	हो
ग	–	–	–	स	–	–	–								
रा	ऽ	ऽ	ऽ	मा	ऽ	ऽ	ऽ								

				ग	म	प	संनी	–	सं	–	सं	नी	–	–	–
				इ	क	तो	ऽऽ	जो	ऽ	गी	ऽ	दु	स	रे	र
सं	ध	सं	नी	ध	प	ग	–	–	–	–	स	स	रे	ग	म
स	भो	ऽ	गी	ऽ	ऽ	अ	रे	ति	स	रे	स	ज	न	वा	हो
स	–	–	प	ध	म	–	ग								
रा	ऽ	ऽ	ऽ	मा	ऽ	ऽ	ऽ								
x				2				0				3			

ठुमरी

ठुमरी शब्द का व्यवहार हिन्दुस्तानी संगीत की एक विषेष गायन विधा है। 'ठुमरी' को श्रृंगार रस, भावप्रधान, नृत्य गीत माना गया है। इसके शब्दों की कोमलता और स्वरों की नजाकत लिए हुए है। यह गीत शैली स्वरों के माध्यम से वही भाव प्रस्तुत कर रहे होते हैं जो भाव नृत्य में अभिनय के द्वारा व्यक्त एवं प्रस्तुत किए जाते हैं। श्रृंगार एवं भावपूर्ण गायकी के नाते इस विधा के लिए मिज़ाज वाले रागों का चयन किया जाता है जैसे खमाज काफी, मांड, तिंलग, पीलू, भैरवी एवं देस राग आदि। ठुमरी प्रस्तुत करते समय राग की षुद्धता पर ध्यान नहीं दिया जाता, इसलिए इसे मिश्र राग में प्रस्तुत किया जाता है। ठुमरी गायन में बोल-बाँट या बन्दिष की ठुमरी और बोल बनाव की ठुमरी होती है। ठुमरी अंग को मुख्य रूप से तीन भागों में बांटा गया है।

पूर्वी अंग: पूरब अंग को लखनऊ तथा बनारस में मुख्य रूप से गाया जाता है। इसके गायन में बोल बनाव की प्रमुखता बनी रहती है। भोजपुरी बोली इसके माधुर्य को वृद्धि प्रदान करता है। रसूलन बाई, बड़ी मोती बाई, सिद्धेष्वरी देवी बेगम अख्तर तथा गिरिजा देवी पूर्व अंग की प्रमुख एवं प्रसिद्ध गायिकाएँ थी।

पहाड़ी अंग: इस अंग में पंजाबी तथा बोलबनाव में तान का काम अधिक होता है। बरकत अली का सम्बन्ध पंजाब के पहाड़ी प्रदेषों से रहा

इसलिए इन्होंने यहाँ की पहाड़ी लोक धुनों में विषेष तरीकों से प्रस्तुत होने वाले स्वरों में ठुमरी का प्रयोग बड़ी खूबसूरती से किया करते थे। पहाड़ी अंग की ठुमरी का प्रचलन मुख्य रूप से पंजाब, मुरादाबाद, सहारनपुर, मेरठ एवं दिल्ली क्षेत्रों में रहा।

पंजाबी अंग: यह शैली अन्य ठुमरी शैलियों की अपेक्षा नवीन है। इसका सम्बन्ध पंजाब के बरकत अली खां, बड़े गुलाम अली तथा नजाकत सलामत अली से माना जाता था। ठुमरी की एक प्रसिद्ध बंदिष-

कोयलिया कूक सुनाये, सखि,
मोहे बिरहा सतावे।
पिया बिना कछु न सुहावे
निसि अंधियारी कारी, बिजली चमके
मोरा जिया डरवाछू हा।

होरी गायन शैली

होरी शब्द का सम्बन्ध शास्त्रीय संगीत की 'धमार शैली' के साथ जोड़ा जा सकता है, क्योंकि इसका साहित्य होरी के वर्णन से मिलता है। भारत की संस्कृति में श्रृंगार और आनन्द महोत्सव बसंन्त एवं होली क्रीड़ा का हमेषा से महत्त्वपूर्ण स्थान रहा है। होरी की भाषा ब्रज रही है, जिसमें राधा-कृष्ण एवं गोपियों संग की गई रास लीलाओं का वर्णन होता है। इसकी रचनाएं विषेष रूप से त्रिताल, दीपचन्दी, कहरवा तालों में निबद्ध होती है।

बनारस की एक प्रसिद्ध होरी इस प्रकार है -

"खेले मसाने में होरी दिगंबर, खेले मसाने मे होरी।"[5]

कजरी गायन शैली

कजरी लोक गायन शैली मिर्जापुर और उसके आसपास के क्षेत्र में अधिक प्रसिद्ध है। इसका गायन मुख्य रूप से उत्तर प्रदेष के पूर्वी भाग में माना जाता है। बनारस में कजरी मिर्जापुर से पहुंची। इन गीतों में विरह के मार्मिक वर्णन है, इसके अतिरिक्त इन गीतों में श्रृंगार रस भी दिखाई

पड़ता है। कजरी के बहुत सारे प्रकार सुनने को मिलते है। आजमगढ़ की कजरी, बनारस की कजरी, छपरा की कजरी, मिर्जापुर की कजरी।

प्रसिद्ध मिर्जापुर की कजरी-

"गोरियां पाई नाही सईयां के सवनवा में
जब से गये परदेष, कोई भेजे न सनेस
गोरियां सोच बेठी अपने भवनवा में"[6]

आजमगढ़ की कजरी इस प्रकार है

"सावन भदवांके निसि अधियारी कजरी खेले जा
बे ही नहैयर।"[7]

बनारस की कजरी

"सजनी छाई घटा घनघोर, हमरे सांवरिया नहीं आए
दादुर मोर पपिहा बोले, बोले अरे कोयलियां
करी रही शोर सजनी, छाई घटा घनघोर।।"[8]

राग - मिश्र पहाड़ी

ताल - कहरवा

स्थाई

1	2	3	4	5	6	7	8	1	2	3	4	5	6	7	8
				ऩी	स	रे	–	–	ग	ग	म	मग	रेग	स	ऩी
				स	ज	नी	ऽ	ऽ	छा	ई	घ	टाऽ	ऽऽ	घ	न
स	–	–	–												
घो	ऽ	ऽ	र												
				प	प	प	–	–	प	प	प	पध	पध	प	म
				ह	म	रे	ऽ	ऽ	सां	व	रि	या	ऽ	न	हीं
मप	ग	–	–												
आऽ	ऽ	ए	ऽ												
x				0				x				0			

अंतरा

				नी़	स	रे	–	–	ग	रेनी़	–स	रे	–	–	मं
				स	ज	नी	ऽ	ऽ	दा	ऽदु	र	मो	ऽ	र	प
प	प	मं	प												
पै	ऽ	या	ऽ												
				ग	प	म	ग	प–	प	प–	–प	धनी	सं	ध	प
				बो	ऽ	ले	ऽ	अरे	को	ऽथ	लक	रींऽ	ऽ	र	हीं
पध	मप	गम	रेग	नी़	स	रे	–								
शोऽ	ऽऽ	ऽऽ	रऽ	स	ज	नी	ऽ								
x				0				x				0			

भटियाली धुन

भटियाली धुन किसानों व मल्लाहों का गीत है। इसे लोग मिलकर गाते हैं। भटियाली बंगाल का एक प्रसिद्ध लोक गीत है। इस गीत में तालादि का ख्याल नहीं रखा जाता। यह गीत आमतौर पर संध्या के समय घर लौटते हुए चरवाहे प्रयोग करते है। भटियाली गीतों में कुछ हेर-फेर के साथ बंगाली टप्पे का मिश्रण भी रहता था। यह गीत बंगाल के कई लोकगीतों का मूल माना जाता है। इस गीत शैली में स्वरों के चलन की एक विशेषता है। यह गीत शैली तार सप्तक स्वर से शुरू होते हुए धीरे-धीरे मध्य तथा फिर मन्द्र सप्तक में आती है। यह पुरुष प्रधान लोक धुन है जो बिलावल राग पर आधारित होती है।

राग - भटियाली धुन

ताल - दादरा

स्थाई

1	2	3	4	5	6
ग	–	प	ध	–	ध
ध	–	ध	सां	–	सां

–	सां	–	ध	सां	मं
x			0		

अंतरा

1	2	3	4	5	6
गं	रें	सां	नि	ध	प
मग	म	प	–	प	–प
सांमं	रेंसां	निध	मग	प	–प
x			0		

पण्डित रघुनाथ प्रसन्ना की कुछ कतिपय बंदिषों का संकलन एवं स्वरांकन

पण्डित रघुनाथ प्रसन्ना द्वारा बाँसुरी एवं शहनाई में बहुत सारे रागों की बंदिषों की रचना की गई थी। इसके साथ इन्होंने शहनाई में परम्परागत बंदिषों का वादन भी किया। पण्डित राजेन्द्र प्रसन्ना द्वारा इस पुस्तक के लिए पण्डित रघुनाथ प्रसन्ना द्वारा रचित बन्दिषों को उपलब्ध करवाया गया। जिसका विवरण इस प्रकार है।

राग-अहीरी तोड़ी

राग परिचय

राग अहीरी तोड़ी की जाति सम्पूर्ण-सम्पूर्ण है। इस राग में रे ग नी स्वर कोमल प्रयुक्त होते है। इस राग में वादी स्वर शुद्ध मध्यम एवं सम्वादी स्वर षड़ज है। इस राग का गायन वादन समय दोपहर के पहले का है।

इस राग का आरोह-अवरोह इस प्रकार है।

आरोह : सा रे ग म प ध नी सां

अवरोह : सां नी ध प म ग रे सा

इस राग की पकड़ इस प्रकार है, सा रे ग, रे सा, नी ध नि

राग अहीरी तोड़ी की मुख्य विशेषता है कि यह राग अहीर भैरव और तोड़ी का समन्वय है। इस राग का समप्राकृतिक राग दक्षिण पद्धति का नाटक प्रिया है।

राग - अहीरी तोड़ी

ताल - तीनताल

स्थाई

1	2	3	4	5	6	7	8	9	10	11	12	13	14	15	16
											म	म	गरे	ग	रे
स	–	–	ध़	–	ध़–	नीस	–रे	ग	रे	स	स	रे	गग	म	म
म	ध	–	सं	ध	प	म	ग	रे	गरे	स					
x				2				0				3			

अंतरा

											ग	म	ध	–	नी
सं	–	–	–	ध	नी	सं	रें	गं	रें	सं	मं	मं	गंरें	गं	रें
सं	–	नी	ध	म	गम	धनीसं	नीम	ग	रे	स					
x				2				0				3			

राग-गावती

राग परिचय

गावती राग खमाज थाट से उत्पन्न माना गया है। इस राग के आरोह में ऋषभ (रे) तथा धैवत (ध) वर्जित है। इसका अवरोह वक्र है। अतः इस राग की जाति औड़व वक्र सम्पूर्ण है। इस राग में निषाद (नी) कोमल तथा शेष स्वर शुद्ध प्रयोग किए जाते हैं। अवरोह में नि का प्रयोग वक्र किया जाता है। गावती का वादी स्वर पंचम (प) एवं सम्वादी स्वर षड्ज (सा) है।

इस राग का गायन-वादन समय रात्रि का द्वितीय प्रहर है। राग गावती का आरोह-अवरोह एवं पकड़ इस प्रकार है।

आरोह : सा ग म प, नी सां

अवरोह : सां नी ध प म प, ग म रे ऩि सा

पकड़ : प़ ऩि सा ध़, म प, ग म रे, ऩि सा

इस राग की विषेषता मंद्र सप्तक में रे ऩि की स्वर संगति तथा मध्य सप्तक में पंचम घिरा हुआ निषाद।

स्थाई

1	2	3	4	5	6	7	8	9	10	11	12	13	14	15	16
											ग	म	प	नी	नीसं
ध	–	प	–	प	ग	ग	म	रे	ऩी	स					
x				2				0				3			

अंतरा

											ग	म	प	नी	नीनी
सं	–	–	प	नी	सं	गं	रें	नी	नी	सं	गं	मं	रें	नी	सं
ध	–	म	प	–	ग	ग	म	रे	ऩी	स					
x				2				0				3			

राग-सरस्वती

राग परिचय

राग सरस्वती की उत्पति कल्याण थाट से मानी गई है। इसके आरोह में गंधार व निषाद स्वर वर्जित है, अवरोह में गन्धार स्वर वर्जित है। अतः इसकी जाति औड़व-षाड़व है। इस राग में तीव्र मध्यम (म) एव कोमल निषाद (नी) का प्रयोग किया जाता है। राग सरस्वती का वादी स्वर पंचम (प) एवं सम्वादी स्वर ऋषभ (रे) है। इसका गायन वादन समय रात्रि का द्वितीय प्रहर है। इस राग का आरोह-अवरोह इस प्रकार है।

राग - सरस्वती

ताल - तीनताल

आरोह : सा रे म॑ प ध सां

अवरोह : सां नी ध प म॑ प म॑ रे सा, नि़ ध़ सा,

स्थाई

1	2	3	4	5	6	7	8	9	10	11	12	13	14	15	16
											रे	म॑	प	ध	नी
ध	–	प	–	रे	रे	नी़	नी़	ध़	स	स					
x				2				0				3			

अंतरा

											रे	म॑	प	ध	ध
सं	–	–	ध	ध	सं	रें	रें	नी	ध	सं	रें	म॑	प	रें	रें
नीध	रेंसं	नी	ध	प	रे	म॑	प	रे	रे	स					
x				2				0				3			

राग-शुद्ध सारंग

राग परिचय

यह राग कल्याण थाट का राग है। इस राग के आरोह में गंधार एवं धैवत वर्जित है। जबकि अवरोह केवल में धैवत का प्रयोग किया जाता है। अतः इस राग की जाति औड़व-षाड़व है। इस राग का वादी स्वर ऋषभ (रे) संवादी स्वर पंचम (प) है। इस राग का गायन वादन समय दिन का द्वितीय प्रहर है। इस राग का आरोह-अवरोह इस प्रकार है।

राग - शुद्ध सारंग

ताल - तीनताल

आरोह : नि़ सा रे म॑ प नी सां रें

अवरोह : सां नी ध प म॑ म रे सा

स्थाई

1	2	3	4	5	6	7	8	9	10	11	12	13	14	15	16
											रे	म॑	प	नी	सं
नी	–	प	–	रे	म	रे	ऩी	स	रे	स	स	स	रे	म	मरे
ऩी	–	–	–	ऩी	ध़	स	ऩी	रे	रे	स					
x				2				0				3			

अंतरा

											रे	म॑	प	नी	नी
सं	–	–	प	प	नी	सं	मंरें	नी	रें	सं	मंरें	नी	–	सं	–
नी	–	प	–	रे	म॑	म॑	प	रे	रे	स					
x				2				0				3			

राग-भूपाली

राग परिचय

राग भूपाली कल्याण थाट से उत्पन्न राग माना जाता है। इस राग में मध्यम (म), निषाद (नी) स्वर वर्जित है। शेष स्वर शुद्ध प्रयोग होते है। अतः इसकी जाति औड़व-औढ़व है। भूपाली राग में वादी स्वर गंधार (ग) एवं सम्वादी स्वर धैवत (ध) है। इस राग का गायन वादन समय रात्रि का प्रथम प्रहर है। राग भूपाली का आरोह-अवरोह एवं पकड़ इस प्रकार है।

राग - भूपाली

ताल - तीनताल

आरोह: सा रे ग प ध सां

अवरोह: सां ध प ग रे सा

पकड़ : ग रे सा, ध़, सा रे ग, प ग, ध प ग, रे सा

स्थाई

1	2	3	4	5	6	7	8	9	10	11	12	13	14	15	16
											ग	रे	ग	प	ध
सं	–	संध	प	ग	रे	ग	प	रे	रे	स					
x				2				0				3			

अंतरा

											ग	प	संध	संध	–
सं	–	–	–	–	प	ध	संरें	गंगं	–	–	गं	रें	सं	ध	प
ग	रे	ग	प	ध	प	धपग	संधप	गंरेंसं	धप	गरे					
x				2				0				3			

राग-भूपाली (रूपक ताल)

स्थाई

1	2	3	4	5	6	7
			प़	ध़	सा	रे
ग	रे	ग	गप	धप	रेग	पग
सा	रे	सा	ग	प	ध	प
सां	–	सां	सांगं	रेंगं	सांरें	धसां
प	ध	प	ध	प	ग	रे
सारेगप	धसांधप	गरेसाऽ				

राग-श्री

राग परिचय

राग श्री पूर्वी थाट से उत्पन्न एक पुरुष प्रधान राग है इस राग के आरोह में गंधार व धैवत स्वर वर्जित है। इस राग की जाति औड़व-वक्र सम्पूर्ण मानी गई है। इस राग में ऋषभ (<u>रे</u>) धैवत (<u>ध</u>) कोमल तथा तीव्र मध्यम (म॑) का प्रयोग किया जाता है। इस राग का वादी स्वर ऋषभ (रे) तथा सम्वादी स्वर पंचम (प) स्वर है। इस राग का गायन वादन समय दिन का अंतिम प्रहर (सूर्यास्त) है। इस राग के आरोह-अवरोह इस प्रकार है।

इस राग की विशेषता यह है कि यह गंभीर प्रकृति का राग है। इस राग को सन्धि प्रकाश राग माना गया है। रे प स्वर संगति में रे की पुनरावृत्ति के समय ग का स्पर्श होता है।

राग - श्री

ताल - तीनताल

आरोह: सा रे मं प ध नी सां

अवरोह: सां नि ध प, मं ग, रे सा

पकड़: सा रे रे सा, रे रे प मं ग, रे रे सा

स्थाई

1	2	3	4	5	6	7	8	9	10	11	12	13	14	15	16
											प	मं	प	नी	सं
रे	–	प	–	मं	ग	रे	रे	ग	रे	स	प़	मं़	प़	नी़	स
रे	–	–	–	रे	ऽ	रे	ग	रे	रे	स					
x				2				0				3			

राग-जौनपुरी

राग परिचय

राग 'जौनपुरी' असावरी थाट का राग है। इस राग में गंधार स्वर आरोह में वर्जित है। अतः इसकी जाति षाढ़व सम्पूर्ण है। जौनपुरी में गंधार, धैवत और निषाद कोमल प्रयोग होते है। इस राग का वादी स्वर धैवत एवं संवादी गंधार स्वर है। इसका गायन वादन समय दिन का दूसरा प्रहर है। इस राग के आरोह-अवरोह एवं पकड़ इस प्रकार है।

इस राग में रे म प का प्रयोग बार-बार आता है। आरोह में कोमल निषाद (नि) के प्रयोग के कारण असावरी से भिन्न हो जाता है। उतरांग प्रधान राग, प ग स्वर की बार-बार संगति होती है।

राग - जौनपुरी

ताल - तीनताल

आरोह: सा रे म प ध नी सां

अवरोह: सां नी ध प, म ग रे सा

पकड़: म प, नि॒ ध॒ प, ध॒ म ग॒, रे म प

स्थाई

1	2	3	4	5	6	7	8	9	10	11	12	13	14	15	16
								–	पसंसं	नीसंसं	–	ध–	ध–	प–	प–
ग	ग	गरे	–	म	म	प	–								
								रे	म	ग	रे	रे	नी	स	–
सरेम	–गरे	रेमप	धपम	–मपधनी	संरें	गरेंसंनी	–धप								

अंतरा

								–	मम	–प	प–	ध	ध	नी	नीसं
सं	–	–	–	–	नीसं	गरें	संनीध								
								–	पग	रे	–ग	स	रे	नी	सं
–	मप	धनी	सं	–	मग	रे	रे								
x				2				0				3			

राग-ललित

राग परिचय

राग ललित पूर्वी घाट का राग है। इनमें पंचम स्वर वर्जित है। इस राग की जाति षाढ़व वक्र है। ललित में दोनों मध्यम शुद्ध एवं तीव्र मध्य, ऋषभ व धैवत स्वर कोमल प्रयोग किए जाते है। इस राग का वादी स्वर शुद्ध मध्यम और सम्वादी स्वर षड्ज है। इस का गायन वादन समय रात्रि का अन्तिम प्रहर है। इस राग के आरोह-अवरोह एवं पकड़ इस प्रकार है।

राग - ललित

ताल - तीनताल

आरोह : ऩि रे॒ ग म, म॑ म ग, म॑ ध॒ सां

अवरोह : रें॒ नि ध॒, म॑ ध॒ म॑ म ग, रे॒ सा

पकड़ : ऩि रे॒ ग म, ध॒ म ध॒ म॑ म, प

स्थाई

1	2	3	4	5	6	7	8	9	10	11	12	13	14	15	16
						ग	रे॒	ग	म॑	ग	रे॒	ऩी	रे॒	ग	म
म	–	म	म॑	–	ग										

अंतरा

								–	मग	मं	ध	धमं	धनी	सं	सं
नी	रें	नी	ध	मं	धमं	ग	म								
x				2				0				3			

राग-यमन

राग परिचय

राग यमन का थाट कल्याण थाट है। इस राग में तीव्र मध्यम (मं) का प्रयोग किया जाता है। इसकी जाति सम्पूर्ण-सम्पूर्ण (नी) हैं इस राग का गायन वादन समय रात्रि का प्रथम प्रहर है।

इस राग की विशेषता है कि यह गंभीर प्रकृति, भक्ति एवं शृंगार रस का राग है। नि रे ग एवं प रे की संगति राग वाचक है।

राग - यमन

ताल - तीनताल

आरोह : ऩि रे ग मं ध नी सां रें

अवरोह : सां नी ध प, मं ग रे सा

पकड़ : ऩि रे ग, रे सा, प मं ग रे सा

स्थाई

1	2	3	4	5	6	7	8	9	10	11	12	13	14	15	16
											प	मं	ग	–	रे
ग	–	–	–	–	ऩीरे	ग	रे	ऩी	रे	स	सरे	स	ऩीध़	ऩी	रे
–	–	–	–	–	ग	रेग	मंप	रे	रे	स					

अंतरा

											ग	मं	ध	नी	ध
सं	–	–	–	–	नीरें	गं	रें	नी	रें	सं	सं	सं	नी	ध	प
रे	–	ग	–	रे	गमं	प	रे	रे	स	स					
x				2				0				3			

राग - यमन

ताल - रूपक

स्थाई

1	2	3	4	5	6	7
सांगंरेंगं	सां	–	निप	–	रे	ग
ग	मं	–	प मं	ग मं	प	–

अंतरा

1	2	3	4	5	6	7
मं	मं	प	निध	सां	सां	–
सांरें	सां	निध	प	पमंगमं	परे	सा
0			1		2	

राम यमन (तीनताल)

(गायकी अंग की बन्दिश)

स्थाई

1	2	3	4	5	6	7	8	9	10	11	12	13	14	15	16
						प	प	नी	–	प	–	–	रे	–	सा
ग	रे	मं	ग	–	–	प	प	ग	मं	ग	प	मं	ध	पमं	प
नी	नी	प	प	रे	–	सा	–	नी	–	प	–	रे	–	सा	–

अंतरा

								प	प	सां	सां	सां	–	सां	सां
सां	–	सां	सां	नीध	नी	प	प	सां	गं	रें	सां	नीध	नी	प	प
सा	–	प	–	रे	–	सा	–	नी	–	प	–	–	रे	–	सा
x				2				0				3			

राग-हंसध्वनि

राग परिचय

राग हंसध्वनि कर्नाटक संगीत पद्धति से हिन्दुस्तानी संगीत पद्धति में सम्मिलित किया गया है। यह राग विलावल थाट से उत्पन्न माना जाता है। इस राग में मध्यम धैवत स्वर वर्जित है जिस कारण इसकी जाति औड़व-औड़व है। वादी स्वर षड्ज तथा सम्वादी स्वर पंचम प्रयुक्त होता है। इस राग का गायन वादन समय रात्रि का दूसरा प्रहर है। राग का आरोह-अवरोह एवं पकड़ इस प्रकार है।

राग - हंसध्वनि

ताल - तीनताल

आरोह: सा रे ग प नी सां

अवरोह: सां नी प ग रे सा

स्थाई

1	2	3	4	5	6	7	8	9	10	11	12	13	14	15	16
											रे	ऩी	स	रे	रे
ग	–	–	रे	–	ग	प	सं	नीप	रे	स					

अंतरा

											ग	प	नी	नी	प
सं	–	–	–	प	पनी	गं	रें	नी	रें	सं	गं	रें	नी	प	ग
रे	–	–	–	गरे	गप	सं	नी	प	रें	स					
x				2				0				3			

राग गोरख कल्याण

राग परिचय

राग गोरख कल्याण खमाज थाट का राग है। इस राग में आरोह में गंधार और पंचम स्वर वर्जित है तथा अवरोह में केवल गंधार, इस राग की जाति औड़व-षाड़व है। राग का वादी स्वर षड्ज (स) तथा सम्वादी स्वर

मध्यम (म) है। इस राग का गायन/वादन समय रात्रि का द्वितीय प्रहर है। राग के आरोह-अवरोह एवं पकड़ इस प्रकार है।

राग - गोरख कल्याण

ताल - तीनताल

आरोह : सा रे म ध <u>नी</u> ध, सां

अवरोह : सां <u>नी</u> ध प म ग रे सा

पकड़ : सा रे म, म रे सा <u>नि</u> <u>नि</u> ध सा

स्थाई

1	2	3	4	5	6	7	8	9	10	11	12	13	14	15	16
											म	रे	म	ध	<u>नी</u>
ध	–	म	रे	–	म	रे	रे	<u>नी</u>	ध	स	स	रे	म	म	रे
<u>नी</u>	–	–	–	ध	ध	<u>नी</u>	स	रे	म	रेस					

अंतरा

											रे	म	ध	<u>नी</u>^{ध}	नी
सं	–	–	ध	ध	<u>नी</u>	सं	रें	मं	रें	सं	मं	रें	स	सं	सं
<u>नी</u>	–	–	–	ध^{म}	रे	म	ग	म	म	रे	स				
x				2				0				3			

राग-वृंदावनी सारंग

राग परिचय

राग वृंदावनी सारंग काफी थाट का राग है। इस राग में गंधार व धैवत वर्जित स्वर है। दोनों निषाद का प्रयोग किया जाता है। इस राग की जाति औड़व-औड़व है। इस राग का वादी स्वर ऋषभ (रे) तथा सम्वादी स्वर पंचम है। इस राग का समय मध्याह है। इस राग के आरोह-अवरोह इस प्रकार है।

राग - वृंदावनी सारंग

ताल - तीनताल

आरोह: ऩि स रे प नी सां रें

अवरोह: सां नी प म रे सा

स्थाई

1	2	3	4	5	6	7	8	9	10	11	12	13	14	15	16
									नीसं	नी	प	म	रे	–	मम
प	–	–	–	प	मप	म	रे	–	ऩीस	म	रे	–	ऩी	ऩी	स
–	प	नी	संरे	–	नी	सं	नीप								

अंतरा

								–	मप	नी	प	–	नी	नी	सं
–	नीसं	रें	मं	–	रें	नी	सं	–	प	रें	संरें	नी	सं	नी	प
–	रेम	रेपनी	प	प	संरें	नीसं	नीप								
x				2				0				3			

राग बागेश्री

राग परिचय

राग बागेश्री काफी थाट का राग है। इसके आरोह में पंचम वर्जित है। इस राग में कोमल गंधार (ग) कोमल निषाद (नी) का प्रयोग होता है। जाति षाढ़व सम्पूर्ण वक्र है। राग का वादी स्वर मध्यम एवं सम्वादी स्वर षड्ज है। इसका गायन/वादन समय रात्रि का दूसरा प्रहर है। इस राग के आरोह-अवरोह एवं पकड़ इस प्रकार है।

पंचम का प्रयोग बागेश्री में कभी-कभी अवरोह म प ध ग ऽ के रूप में किया जाता है।

राग - बागेश्री

ताल - तीनताल

आरोह : ध़ नि़ सा ग म ध नि सां

अवरोह : सां नी ध म ग, म प ध ग, म ग रे सा

पकड़ : म ग म ध नि ध, म ग रे सा।

स्थाई

1	2	3	4	5	6	7	8	9	10	11	12	13	14	15	16
								सम	गम	रे	स	–	ग	ग	म
ध	–	नी	ध	सं	–	सं	–								

अंतरा

								–	गग	म	म	ध	ध	नी	ध
सं	–	–	–	रें	नी	सं	–	–	संमं	–	गरें	सं	रें	नी	ध
–	मप	धम	ग	ग	रे	स	–								
x				2				0				3			

राग-पहाड़ी (धुन) ताल दादरा

राग-पहाड़ी बिलावल थाट का राग है। इस राग का वादी स्वर सा एवं पंचम स्वर सम्वादी है। राग पहाड़ी एक बहुत ही लोकप्रिय राग है जो लोक संगीत पर आधारित है। इसके नाम से ही विदित होता है, कि यह हिमालय के पहाड़ों में गूंजने वाला कोई मधुर राग है। यह एक अत्यंत मधुर व सुगम राग है।

राग - पहाड़ी (धुन)

ताल - दादरा

आरोह: सा रे ग प ध सां

अवरोह: सां नी ध प म ग रे सा

गायन समय: रात्रि का प्रथम प्रहर

स्थाई

1	2	3	4	5	6
सां	नि	ध	–	ध	–
ध	–	म	प	नि	ध
प	मग	रे	–	रे	–
ध़	नी	सा	–	सा	–
रे	–	मग	रेसा	रे	सा
सा	म	गम	रेग	सानी	ध़
ध़	नी	सा	–	सा	–
रे	–	मग	रेसा	–	सा
x			0		

अंतरा

1	2	3	4	5	6
म	म	ध	नि	सां	–
सां	–	सां	–	ध	सां
रे	ग	रे	–	सांगं	रेंसां
सां	–	सां	गं	–गं	मं
गं	रें	सां	ध	नि	ध
प	म	ग	रे	सानी	ध़
धं	नी	सा	–	सा	–
x			0		

राग-मधुमाध सारंग

राग परिचय

इस राग को मधुमाध सारंग या मध्यमादी सारंग भी कहा जाता है। इस राग के स्वर राग वृंदावनी सारंग के सामान है परन्तु इस राग में सिर्फ कोमल विषाद का प्रयोग किया जाता है। इस राग के पूर्वांग में पंचम-रिषभ (प-रे) तथा उत्तरांग में निषाद-पंचम (नि-प) की संगति राग वाचक है। राग मधुमाध सारंग और राग मेघ के आरोह-अवरोह एक सामान दिखाई पड़ते हैं।

इस राग में गंधार व धैवत वर्जित स्वर, निषाद स्वर कोमल एवं सभी स्वर शुद्ध प्रयुक्त होते है।

जाति- औढ़व औढ़व

थाट- काफी

वादी स्वर- रिषभ एवं संवादी स्वर पंचम प्रयोग होता है।

राग - मधुमाध सारंग

ताल - तीनताल

आरोह : नि सा रे म प नि सां

अवरोह : सां नि प म रे सा

स्थाई

1	2	3	4	5	6	7	8	9	10	11	12	13	14	15	16
											रे	सानि	सा	रे	प
म^रे	–	रे	–	म^रे	–	पनि	प	रे^म	–	सा					
x				2				0				3			

अंतरा

1	2	3	4	5	6	7	8	9	10	11	12	13	14	15	16
											रे	म	प	–	नि
सां	–	सां	–	प	(नि)सां	प	सां(रे)	नि	सां	–	नि	सां	नि	–	पम
प	–	मरे	–	निसा	रेम	पनि	सांरें	सांनि	पम	रेसा					
x				2				0				3			

राग-मालकौंस

राग परिचय

यह भैरवी थाट का राग है। इसके आरोह अवरोह में रे और प वर्जित होते हैं इसलिए इस राग की जाति औड़व-औड़व है। इस राग का वादी स्वर मध्यम व संवादी स्वर सा है। इस राग में ग, ध, नी स्वर कोमल है। इस राग का गायन-वादन समय रात्रि का तीसरा प्रहर है। मालकौंस गंभीर व शांत प्रकृति का राग होने के कारण मींढ़ का प्रयोग अच्छे प्रकार से किया जाता है।

राग - मालकौंस

ताल - तीनताल

आरोह: सा ग म ध नि सां

अवरोह: सां नि ध म, ग म ग सा

स्थाई

1	2	3	4	5	6	7	8	9	10	11	12	13	14	15	16
											ग	म	ध	नि	सां
नि	–	ध	–	म	–	ग	ग	ग	–	सा	नि	सा	नि	ध	नि
सा	–	म	–	गम	धनि	सांनि	धम	गम	गसा	निसा					
x				2				0				3			

अंतरा

1	2	3	4	5	6	7	8	9	10	11	12	13	14	15	16
											ग	म	ध	–	नी
सां	–	सां	सां	ध	नि	सां	मं	गं	–	सां	नि	सां	नि	–	ध
म	–	म	म	ग	–	नि	ग	सा	–	–					
X				2				0				3			

राग-देस

राग परिचय

थाट- खमाज

जाति- औड़व-सम्पूर्ण वक्र

वादी स्वर- रिषभ संवादी स्वर-पंचम

गायन-वादन समय- रात्रि का दुसरा प्रहर

इस राग में गंधार, धैवत आरोह में वर्जित है और दोनों निषाद का प्रयोग किया जाता है।

राग - देस

ताल - तीनताल

आरोह: ऩि सा रे म प नि सां

अवरोह: सां नि ध प म ग रे ग, सा

स्थाई

1	2	3	4	5	6	7	8	9	10	11	12	13	14	15	16
											ग	सा	रे	म	प
नि	–	सां	–	नि	ध	प	ध	म	ग	रे	म	ग	रेसा	ऩि	सा
रे	–	रे	रे	रे	म	प	ध	म	ग	रे					

अंतरा

1	2	3	4	5	6	7	8	9	10	11	12	13	14	15	16
											रे	म	प	–	नि
सां	–	सां	सां	प	नि	सां	रें	नि	ध	प	प	रें	सां	–	रें
नि	–ध	प	–	रे	म	प	ध	म	ग	रे					

राग-भैरवी

राग परिचय

राग भैरवी की उत्पति अपने थाट भैरवी से ही हुई है। अतः इस राग को भैरवी थाट का जन्य राग भी कहा जाता है। इस राग में चारों स्वर कोमल प्रयोग होते हैं जैसे रे ग ध नी स्वर। इस राग में बारह स्वरों का प्रयोग किया जाता है। इसकी जाति सम्पूर्ण-सम्पूर्ण है। इस राग का वादी स्वर मध्यम व संवादी स्वर षड्ज है। इस राग में छोटे ख्याल, ठुमरी, टप्पा, तराना आदि गाए-बजाए जाते हैं।

इस राग का गायन-वादन समय प्रातः काल है।

राग - भैरवी

ताल - तीनताल

आरोह : सा रे ग म प ध नी सां

अवरोह : सां नी ध प म ग रे सा

पकड़ : म ग, सा रे सा, ध, नि सा

स्थाई

1	2	3	4	5	6	7	8	9	10	11	12	13	14	15	16
											रे	नि	सा	ग	म
प	–	ध	प	ग	रे	ग	म	रे	–सा	नि	नि	सा	ध	–	नि
सा	ग	म	प	पध	निसां	रेंसां	निध	पम	गरे	सा					

अन्तरा

											ग	म	ध	–	नि
सां	–	सां	–	नि	नि	सारें	निसां	ध	–प	–	ध	गं	रें	–	गं
सां	रें	नि	सां	पध	निसां	रेंसां	निध	पम	गरे	सा					

राग-काफी

राग परिचय

यह राग काफी थाट का राग है। इस राग में सातों स्वरों का प्रयोग किया जाता है। इसलिए इसकी जाति सम्पूर्ण-सम्पूर्ण है। इस राग का वादी स्वर पंचम एवं संवादी स्वर षड्ज है। गायन वादन समय रात्रि का द्वितीय प्रहर है।

इस राग का गायन-वादन समय प्रातः काल है।

राग - काफी

ताल - तीनताल

आरोह: स रे ग म प ध नी सां

अवरोह: सां नी ध प म ग रे सा

स्थाई

1	2	3	4	5	6	7	8	9	10	11	12	13	14
सा	सा	–	रे	–	रे	रे	ग	–	–	म	–	–	म
प	–	–	प	–	ध	प	म	ग	–	म	ग	म	–
x			2				0			3			

अंतरा

1	2	3	4	5	6	7	8	9	10	11	12	13	14
प	प	–	रें	–	–	–	रें	रें	–	गं	रें	ग	–
सां	रें	–	नी	–	नी	–	सं	सं	–	रें	–	[म]गं	–
सं	रें	–	सं	–	नी	–	ध	म	–	प	–	–	ध
[सा]नी	–	–	[ध]नी	–	रें	–	सं	–	–	–	–	–	–
[ग]म	–	–	ग	–	–	ग	म	–	–	प	–	–	ध
नी	नी	–	सां	–	–	रें	नी	सां	–	नी	ध	प	ध
नी	–	–	सां	–	रें	–	सां	सां	–	नी	ध	प	ध
नी	–	–	ध	म	पध	प	ग	ग	–	रे	ग	सा	–
रे	ग	–	म	प	म	–	प	–	–	प	–	–	–
सा	सा	–	रे	–	रे	–							
x			2				0			3			

सन्दर्भ सूची -

1. पण्डित राजेन्द्र प्रसन्ना जी, वार्ता, 27 अक्तूबर 2022, शाम 5 बजे
2. पण्डित छन्नो लाल मिश्र, इंटरव्यू, संसद टीवी
3. वही
4. वही
5. वही
6. वही
7. वही
8. वही

5

पं. रघुनाथ प्रसन्ना का कृतित्व एवं विभिन्न आयाम

पण्डित रघुनाथ प्रसन्ना जितने महान् कलाकार थे उतने ही सरल एवं सहज उनका व्यक्तित्व था। आपका ध्यान सदा संगीत में ही केन्द्रित रहता था। इनका जीवन 'सादा जीवन-उच्च विचार' के मार्ग पर ही गतिमान रहा। आपका पुरा परिवार संगीत सेवा में आज भी सेवारत है। इन्होंने शहनाई तथा बाँसुरी वादन के क्षेत्र में नए आयाम बनाएं तथा अपने शागिर्दों में इस कला को जन्म-जन्मान्तर तक अमर बनाया। आप अपने सद्भावी एवं सहायक व्यवहार के कारण कलाकारों एवं आमजनों में सदैव प्रिय रहे। पण्डित रघुनाथ प्रसन्ना जी का व्यक्तित्व बहुत ही सरल एवं शांत था। आपका व्यक्तित्व इतना विशाल था कि इसको शब्दों में ढालना असम्भव है। इनका संगीत एवं इनका व्यक्तित्व एक दूसरे के प्रर्याय है।

गुरु-शिष्य परम्परा आध्यात्मिक प्रज्ञा का नई पीढ़ियों तक पहुंचाने का सोपान है। भारतीय संस्कृति में गुरु-शिष्य परम्परा के अन्तर्गत गुरु अपने शिष्य को विद्या व शिक्षा ग्रहण करवाता है। बाद में यही शिष्य आगे गुरु बन कर दूसरों को शिक्षा ग्रहण करवाता है। यही क्रम निरन्तर चलता जाता है। यह परम्परा सनातन धर्म की सभी पद्धतियों में देखने को मिलती है। गुरु-शिष्य की यह परम्परा ज्ञान के किसी भी क्षेत्र में वर्धक हो सकती है, जैसे वेदाध्ययन, वास्तु, कला, संगीत, अध्यात्म आदि। भारतीय संस्कृति में गुरु का स्थान ईश्वर से भी सर्वोपरि माना गया है। गुरु को ब्रह्मा, विष्णु व महेश की उपाधि से अलंकृत किया गया है।

गुरु शब्द 'गु' व 'रु' शब्द से व्युत्पन्न हुआ है। 'गु' शब्द का अर्थ है अंहकार (अज्ञान) और 'रु' शब्द का अर्थ है प्रकाश ज्ञान। अर्थात अधंकार अज्ञान से ज्ञान की ओर ले जाने वाले को गुरु की संज्ञा दी गई

है। अंहकार को नष्ट करने वाला जो ब्रह्म रुप प्रकाश है वही गुरु है। गुरु-शिष्य परम्परा का निर्वाह आश्रमों में होता रहा है। भारतीय संस्कृति में गुरु को अत्यधिक सम्मानित स्थान प्राप्त है।

प्राचीन काल में गुरु और शिष्य के संबंधों का आधार था गुरु का ज्ञान, मौलिकता और नैतिक बल। उनका शिष्यों के प्रति स्नेह भाव तथा ज्ञान बांटने का निःस्वार्थ भाव गुरु में होता था। गुरु और शिष्य के बीच केवल शाब्दिक ज्ञान का ही आदान-प्रदान नहीं होता था बल्कि गुरु अपने शिष्य के संरक्षक के रुप में भी कार्य करता था। उसका उद्देश्य रहता था कि गुरु उसका कभी अहित सोच भी नहीं सकते, यही विश्वास गुरु के प्रति उसकी अथाह श्रद्धा और समर्पण का कारण रहा है।

भगवान श्री कृष्ण ने गीता में गुरु शिष्य परम्परा को 'परम्पराप्राप्तम' योग बताया है। गुरु-शिष्य परम्परा का आधार सांसारिक ज्ञान से आरम्भ होकर मानव के अंतिम पड़ाव तक जाती है। इससे चरमोत्कर्ष आध्यात्मिक शाश्वत आनंद की प्राप्ति है। भारतीय शास्त्रीय संगीत में शिष्य अपनी संगीत शिक्षा गुरु परम्परा के अधीन रह कर प्राप्त करता है। गुरु शिष्य परम्परा पौराणिक एवं श्रेष्ठ परम्परा मानी जाती थी, जिसे गुरुकुल की संज्ञा प्रदान की गई। गुरुकुल अर्थात जिसमें शिष्य अपने गुरु के आश्रय में ही शिक्षा ग्रहण करता एवं गुरु भी उन्हें अपनी संतान की भान्ति स्नेह एवं शिक्षा प्रदान करता था। इसको दूसरे शब्दों में यूं भी कहा जाए तो गुरुकुल पद्धति अर्थात गुरु का घर। गुरु अपने बच्चों, शागिर्दों के साथ घर मे रहते थे। गुरु के साथ रह कर शागिर्दों को अपने जीवन के बारे में पता चलता था कि उसे अपने जीवन में किन-किन चीजों में व्यस्त रहना है। षिष्य अपने गुरु का अनुसरण करते हुए दिनचर्या एवं गुरु की शिक्षा को अपने जीवन में ढालने का प्रयास करता था। गुरु भी अपने शिष्य की इच्छानुसार उसको संगीत की तालीम प्रदान करता था। ये सब जानकर लगता है कि जो गुरुकुल की शिक्षा एवं जो यहाँ का पाठ्यक्रम होता था वह विद्यार्थी एवं गुरु के लिए अनुकूल होता था और भविष्य में भी संगीत शिक्षण के लिए गुरु शिष्य परम्परा का होना अनिवार्य है।

घराने की शिक्षा गुरु शिष्य परम्परा के अधीन थी। घराने की तालीम के बारे में पण्डित राजेन्द्र प्रसन्ना का कहना है कि "पिता जी सबसे पहले बाँसुरी या शहनाई की बैठक, वाद्य की पकड़ एवं बाँसुरी और शहनाई में फूँक की तकनीक पर विशेष ध्यान रखते थे। बाँसुरी और शहनाई में फूँक कितनी कम कितनी ज्यादा प्रवेश करनी चाहिए या सीधे शब्दों में कहा जाए तो पिताजी साज की Tonal quality पर विशेष ध्यान रखते थे। जिन शिष्यों ने बाँसुरी या शहनाई की तामील लेनी आरम्भ ही की होती थी उनको घण्टों तक सा (षड्ज) स्वर का रियाज़ करने को बोला जाता था, और धीरे-धीरे सा से रे, रे से ग और सरगम में आरोह-अवरोह का रियाज़ करवाया जाता था। जब शागिर्दों को शुद्ध स्वरों का पूर्ण रूप से ज्ञान हो जाता था, फिर बाँसुरी या शहनाई पर कोमल एवं तीव्र स्वर का अभ्यास करवाया जाता जो इन दोनों वाद्यों में कठिन कार्य होता है।

सरगम सीखने के बाद महीनों-महीनों तक अलंकारों का रियाज़ करवाया जाता था। पिताजी द्वारा शुद्ध और कोमल स्वरों के लिए दो रागों का चयन किया जाता था जिनमें प्रातः के समय भैरव और शाम के समय राग यमन। इन दोनों रागों के आरोह-अवरोह का सिलसिला महीनों सालों तक चलता था।

पण्डित रघुनाथ प्रसन्ना बाँसुरी एवं शहनाई वादन गायकी से करते थे। शागिर्दों को भी गायकी अंग से ही तालीम दिया करते थे। इनका मानना था कि गायकी अंग को साज़ पर निकालने के लिए सबसे पहले शिष्यों को खटका मुरकी, गमक, बांट एवं तंत्रकारी (बाँसुरी में जीभ द्वारा ठोकर लगना) के अंलकारों का रियाज़ करवाया जाता था। जब हम या शागिर्द थोड़ा बजाने योग्य हो जाते थे तब पिताजी हमें गाकर कुछ सुनाते और हम उसको बाँसुरी शहनाई पर बजाने की कोशिश करते थे। पिताजी की सिखलाई की एक खास तकनीक मुझे आज भी याद और आज जब भी अपने शागिर्दों को सीखाता हूँ तो हूबहू वैसी ही तकनीक से अपने शागिर्दों को भी सीखता हूँ। पिता जी जब मुझे सीखाने थे तो कोई फरेज (स्वर संगति) बजाते और मुझे वही फरेज निकालने के लिए कहते,

मैं उसको वैसे का वैसे ही बजाता लेकिन पिताजी कहते थे ठीक नहीं बज रहा, और ये सिलसिला दस से पन्द्रह बार होता। बार-बार उनको गलत बोलना मन में लगता था कि मैं तो ठीक बजा रहा हूँ। बाद में जब निरन्तर ये सिलसिला चलता रहता था तो एक समय बाद जब सोच बढ़ी तो लगा की जो मैं बजाता था वो गलत नहीं होता था, वो उनकी सोच थी कि स्वर संगतियों में थोड़ा स्वरों का हेर-फेर करने से दस-पन्द्रह चीज़े हमारी सोच में डाल देते थे। पिताजी का कहना था कि तान या तेज़ तान तो आसानी से कोई भी बजा लेगा। उनका ध्यान छोटी-छोटी चीजों पर ज्यादा केन्द्रित होता था। शागिर्दों को शहनाई एवं बाँसुरी में पिताजी ये अवश्य सीखाते थे कि राग की स्वर संगतियों को किस प्रकार बजाना है या Light Music में जैसे कजरी, चैती होरी को बजाते समय स्वर संगतियां (Combination) किस प्रकार प्रयोग करनी है, विशेष ध्यान रखते थे।

पण्डित राजेन्द्र प्रसन्ना का मानना है कि जो कुछ मैं बजा रहा हूँ वो सब पिताजी का Style है। उनको Stage Presentation का बड़ा अच्छा Knowledge था। कार्यक्रम प्रस्तुत करते हुए वे हम सभी शागिर्दों कों मंच पर साथ बिठाते थे। अपने कार्यक्रम के दौरान अपने शागिर्दों को बजाने का भरपूर मौका देते थे, ताकि शागिर्दों को अपने एकल वादन प्रस्तुति का अच्छा Knowledge हो जाए।

राग प्रस्तुतिकरण में पिताजी को जितना बेहतर हो उतना ही आलाप करते थे। छोटे आलाप के बाद गायकी अंग से बड़े ख्याल, मध्य लय एवं छोटे ख्याल की बंदिशे प्रस्तुत करते थे। कार्यक्रम के अंत में बनारस की गायन शैलियों जैसे ठुमरी, कजरी, चैती, होरी या बनारसी धुन से कार्यक्रम का समापन करते थे।

पण्डित रघुनाथ प्रसन्ना शिक्षक (गुरु) के रूप में

पण्डित जी की शिष्य परम्परा बहुत ही विस्तृत रहा। आप अपने शिष्यों को बाँसुरी एवं शहनाई की बारिकियों से अवगत कराते थे। आप

संगीत शिक्षा निःस्वार्थ भाव से प्रदान करते थे साथ ही आप अपने शिष्य की जरूरतों का विशेष ध्यान रखा करते थे। पण्डित रघुनाथ प्रसन्ना ने लगभग 79 साल के अपने जीवन काल में संगीत की सेवा की। कलाकार होने के नाते अपनी असीम प्रतिभा से विश्वभर में अपनी एक अलग एवं अतुलनीय पहचान तो बनाई ही, साथ ही स्वयं संगीत साधना करके महारत हासिल की और संगीत विद्या को अपने शिष्यों को भी प्रदान करके उत्तम कलाकार बनाया। कलाकार होने से कहीं ज्यादा कठिन कार्य एक कुशल गुरु बनना है। इसके लिए सर्वप्रथम एक निःस्वार्थ हृदय और अत्याधिक धैर्य की आवश्यकता होती है। "इनका हृदय इतना कोमल था कि वो किसी पर क्रोध नहीं करते थे। और अपने सभी शिष्य को एक समान समझते थे। रघुनाथ जी ने कभी भी अपने परिवार के बच्चों एवं दूसरे शागिर्दों में कोई भेदभाव नहीं किया।"[1] इनके पास जो भी शिष्य संगीत की तालीम लेने आते थे उनको सहृदय स्वीकार करते और संगीत शिक्षा प्रदान करते। पण्डित जी संगीत शिक्षा इस प्रकार प्रदान करते थे कि सहज में शिष्य चाहे संगीत से पहले जुड़ा हो या नहीं हो, सरलता से विद्या ग्रहण करता था। शिक्षा प्रदान करने की प्रणाली अत्यन्त सरल एवं सुव्यवस्थित थी।

पण्डित रघुनाथ प्रसन्ना ने बाँसुरी एवं शहनाई वाद्य में नई-नई तकनीकों को उजागर किया। आप कुशल वादक कलाकार होने के साथ वादन कला में नवीनीकरण के लिए प्रयासरत रहते थे। जिसके परिणामस्वरूप पण्डित जी वाद्य की तकनीकों को अपने शिष्य को सहज सिखाते थे। वादन के साथ अपने शिक्षण द्वारा कई कलाकार संगीत जगत को प्रदान किए। जिनमें से पण्डित भोलानाथ प्रसन्ना प्रमुख शिष्य थे। पण्डित भोलानाथ इनके छोटे-भाई तो थे ही, साथ ही भोलानाथ जी ने इनके पास बैठकर शहनाई एवं बाँसुरी की तालिम भी प्राप्त की थी। शहनाई वाद्य के साथ-साथ पण्डित रघुनाथ जी ने बाँसुरी वादन को एक विशिष्ट आयाम दिया और सामान्य रूप से बाँसुरी वाद्य को अपने खानदान के बच्चों एवं शिष्यों के माध्यम से प्रचलित किया। "इनके

प्रमुख शिष्यों में इनके छोटे भाई पण्डित भोलानाथ प्रसन्ना, विष्णु प्रसन्ना, इनके बेटे पण्डित राजेन्द्र प्रसन्ना, प्रणव मुखर्जी (त्रिपरा बाँसुरी) पण्डित भानु मजूमदार (पं० रोनू मजूमदार के पिता) पण्डित अनन्त लाल"।[2]

"पण्डित हरिप्रसाद चौरसिया का नाम इनके शिष्यों में सम्मिलित है, जो रघुनाथ जी को बड़े गुरु जी कहकर पुकारा करते थे, इसके अतिरिक्त श्री शिवप्रीत सिंह भी उनके शिष्यों की सूची में आते है।[3]

पण्डित रघुनाथ प्रसन्ना एक कारीगर के रूप में

पण्डित रघुनाथ प्रसन्ना ने अपने पिता पण्डित गौरी शंकर जी के साथ नौबत खानों में शहनाई वादन बहुत कम उम्र में आरंभ कर दिया था। लगभग 1929-30 में रघुनाथ प्रसन्ना कूच बिहार (पश्चिम बंगाल) के राजा के दरबार में अपने पिता के साथ दरबार में शहनाई वादन किया करते थे। रघुनाथ प्रसन्ना के कूच बिहार में ही किसी व्यक्ति (पेशा बनिया) को त्रिपुरा बाँसुरी का वादन करते सुना, जिसकी ध्वनि उनकी बहुत ही प्रिय लगी। जिज्ञासवश इन्होंने उन व्यक्ति से बाँसुरी सीखाने का आग्रह किया लेकिन उन्होंने बाँसुरी सिखाने के लिए इंकार कर दिया। पण्डित रघुनाथ प्रसन्ना बार-बार उनके पास जाते और उस बाँसुरी के आकार को देखते और जंगल में बाँस का टुकड़ा काटकर स्वयं इसको बनाते, ये क्रम उन्होंने बार-बार किया, लेकिन जब पण्डित जी इसकों बजाते तो फूंक ही नहीं लगती थी। बार-बार ये सिलसिला निरंतर चलता रहा। पण्डित रघुनाथ प्रसन्ना भगवान शंकर के भक्त थे, एक दिन भगवान शंकर के आशीर्वाद फलस्वरूप भाग्यवश बांस के टुकड़े से ध्वनि उत्पन्न हो गई।

इस प्रकार रघुनाथ प्रसन्ना ने त्रिपुरा बाँसुरी को बनाया और अपने खानदान में बाँसुरी को प्रचलित किया, इसके साथ उन्होंने बहुत सारी कृष्णा बाँसुरी तथा शहनाईयों का निर्माण स्वयं के लिए तथा अपने छोटे भाईयों तथा शागिर्दों के लिए करते थे।

पण्डित पन्ना लाल घोष जी के बाद रघुनाथ प्रसन्ना जी ने भी कई नई तकनीकियों को बाँसुरी पर विकसित कर बाँसुरी के भविष्य को संवारा।

पण्डित रघुनाथ प्रसन्ना खुद तो बाँसुरी बनाने की कला में निपुण थे, साथ ही साथ बाँसुरी बनाने की तकनीक इन्होंने अपने भाई पण्डित भोलानाथ को भी सिखाई। दोनों की बनाई हुई बाँसुरियों की विशेषता के बारे में पण्डित राजेन्द्र प्रसन्ना का कहना है कि बाँसुरी का बांस उन दिनों अच्छा मिलना च्वेेपइसम नहीं होता था क्योंकि बांस आसाम या पीलीभीत के अतिरिक्त कहीं नहीं मिलता था। उन दिनों बांस जहां से भी उपलब्ध होता था, बाँसुरी बनाने में इसका उपयोग किया जाता। पिता जी (रघुनाथ प्रसन्ना) ने तो शुरूआत में बहुत सारी बाँसुरियों को बनाया पर मेरे चाचा (पण्डित भोलानाथ) ने बाँसुरियों की बहुत सारी तकनीकों को खोजा जिससे कि ई बेस (तीसरे सफेद) की बाँसुरी के छिद्रों को इतना पास-पास बनाया की इसकी पकड़, उंगलियों की तैयारी और फूँक लगानें में बहुत सरल हो गई। जिससे की बाँसुरी के रियाज़ में कठिनाई नहीं आती थी। काफी समय तक मैं अपने पिता जी एवं अपने चाचा के हाथों से निर्मित बाँसुरियों को ही बजाता था। अगर मैं आज किसी भी कारीगर Flute Maker डांमत से अपनी या अपने शागिर्दों की बाँसुरियां बनाता हूँ तो मैं अपने चाचा जी या उसने पिता जी के नाप से बाँसुरियों को बनाता हूँ।

पण्डित रघुनाथ प्रसन्ना जी की बनाई हुई बाँसुरी की विशेषता के बारे में पण्डित रोनू मजूमदार ने बताया कि पण्डित रघुनाथ चाचा के हाथों से बनी एक बाँसुरी उन्होंने मेरे पिता जी (डॉ. भानू मजूमदार) को दी, जो आज भी मेरे पास है। रघुनाथ जी अपनी बाँसुरी अपनी पकड़, और अपनी फूँक के मुताबिक बनाते और अपने शागिर्दों की बाँसुरी उनके नाप के अनुसार बनाते थे। इनकी बाँसुरी की Tonal quality नुंसपजल बहुत ही अच्छी होती थी।

पण्डित रघुनाथ प्रसन्ना के बाँसुरी बनाने की महारथ पर पण्डित रोनू मजूमदार जी ने कहा कि पण्डित रघुनाथ जी स्वयं बाँसुरियां बनाते थे, उनकी बनाई हुई बाँसुरी आज भी मेरे पास रखी है जो उन्होंने मेरे पिता जी (भानू मजूमदार) को दी थी। "मैं एक विषेष बात बोलना चाहूँगा कि जो उनकी बाँसुरी की Tonal quality नुंसपजल या जो मुख रन्ध्र का जो जवारी होता था उसमें एक Natural/Reverb लगा होता था, जो आज कल हम तो Sound Machine से Reverb लगाते है लेकिन उनकी बाँसुरी में ये गुण स्वतः होता था। उनकी बनाई हुई बाँसुरी आज भी मेरे पास रखी है।"[4]

इस विषय में पण्डित राजेन्द्र प्रसन्ना ने बताया किया इनको बाँसुरी या शहनाई वादन में जिनती महारत हासिल थी वही इन्हे कुशल वाद्य अविष्कारक के रुप में भी जाना जाता था। पण्डित राजेन्द्र प्रसन्ना के अनुसार गुरु जी बहुत तेज बुद्धि के इंसान थे। वो किसी भी वस्तु या वाद्य को देखते थे तो उसको अपने मन में ग्रहण करके, उसको हूबहू बनाने की कोशिश करते थे। इन्होंने शहनाई तथा बहुत सारी बाँसुरियों का निर्माण किया। मुझे याद है एक बार इन्होंने गिटार बनाया, उसको काटने के औजार, उसको सांचे में डालने के औजार आदि सब कुछ घर में होते थे। पण्डित जी ने शहनाई के साथ बजने वाली स्वर पेटी को भी बनाया जो शायद आज भी हमारे भाई दयाशंकर जी के पास होगी। इन्होंने स्वरमण्डल, सरोद, शहनाई तथा अनेक वाद्यों को बनाया।

"इनकी वाद्य बनाने की विशेषता के कारण भारत रत्न शहनाई वादक उस्ताद बिस्मिल्लाह खां ने इनको विश्वकर्मा की संज्ञा दी थी।"[5] पण्डित रघुनाथ प्रसन्ना स्वयं तो अपनी बाँसुरीयां बनाते थे साथ ही अपने शागिर्दों एवं घर में सभी बच्चों एवं भाईयों के लिए भी बाँसुरी बनाया करते थे। पण्डित जी ने साथ ही बाँसुरी बनाने की तकनीक को अपने छोटे भाई पण्डित भोलानाथ जी को भी सिखाया। पण्डित भोलानाथ ने बाँसुरी बनाने की तकनीक को सिखकर नये एवं नवीन प्रयोग किए।

उन्होंने बाँसुरी को नई दिशा दी छोटी बाँसुरी से लेकर C# Base एवं शंख बाँसुरी को बनाया।

कलाकार के रूप में देश विदेश में मंच प्रदर्शन एवं कार्य क्षेत्र

पण्डित रघुनाथ प्रसन्ना का कार्य क्षेत्र

पण्डित रघुनाथ प्रसन्ना ने लगभग 1950 के आस-पास आकाशवाणी लखनऊ में विभागीय कलाकार के रूप में पहली नौकरी की। इसी दौरान इनके साथ लखनऊ आकाशवाणी में उस्ताद अली अकबर खां भी विभागीय कलाकार के रूप में कार्यरत थे। कुछ समय बाद उस्ताद अली अकबर खां ने लखनऊ से नौकरी छोड़ दी और जोधपुर आ गए। इनके साथ-साथ पण्डित रघुनाथ प्रसन्ना ने भी नौकरी छोड़कर उस्ताद अली अकबर के साथ जोधपुर आ गए थे। दोनों ने जोधपुर में राजा के दरबार में आर्केस्ट्रा में कार्य किया। कुछ समय बाद उस्ताद अली अकबर खा साहब और पण्डित उदय शंकर के साथ अमेरिका जाने का तय हुआ, लेकिन पिता गौरी शंकर ने रघुनाथ प्रसन्ना को जाने से इनकार कर दिया। इसके उपरान्त पण्डित रघुनाथ जी ने आकाशवाणी इलाहाबाद तथा आकाशवाणी राँची में भी नौकरी की।

(चित्र संख्या: 5.1) - किशोर कुमार, पण्डित रघुनाथ प्रसन्ना और आशा भोसले[6]

पण्डित रघुनाथ प्रसन्ना बाँसुरी के पहले कलाकार थे जिन्होंने बनारस हिन्दू विश्वविद्यालय में शिक्षक के रूप में कार्य किया। सन्

1960 के लगभग पण्डित रघुनाथ प्रसन्ना मुम्बई चले गए। मुम्बई में कई फिल्मों में बाँसुरी एवं शहनाई वादन किया। मुम्बई से वापस दिल्ली लौटने के पश्चात् 1966 में सांग एंड ड्रामा डिविजन में कलाकार के रूप में कार्य किया।

देश-विदेश में मंच प्रदर्शन

पण्डित रघुनाथ प्रसन्ना ने बहुत कम उम्र से अपने पिता पण्डित गौरी शंकर के साथ मंचों पर शहनाई वादन करना आरम्भ कर दिया। आपने सर्वप्रथम कूच बिहार (पश्चिम बंगाल) के राज दरबार में शहनाई एवं त्रिपुरा बाँसुरी वादन किया। इन्होंने आकाशवाणी दूरदर्शन के विभिन्न संगीत सम्मेलनों में बाँसुरी एवं शहनाई वादन किया था। भारत में होने वाले उन तमाम बड़े-बड़े संगीत सम्मेलनों में सफल मंच प्रदर्शन किया।

पण्डित रघुनाथ प्रसन्ना ने इसके अतिरिक्त 1981 में जर्मनी, फ्रांस, हालैंड में शहनाई एवं बाँसुरी के कार्यक्रम किए। विदेश के इस दौरे में आपके पुत्र पण्डित राजेन्द्र प्रसन्ना ने भी आपके साथ विभिन्न कार्यक्रमों में भाग लिया। प्रसन्ना जी ने विदेश में प्रसिद्ध सारगी वादक उस्ताद मुनिर खां के साथ तथा वायलिन वादक सहाय पवार के साथ शहनाई के साथ जुगलबंदी की।

1995 में 'ऐलेन दानिएलो' एलबम में पण्डित रघुनाथ प्रसन्ना ने शहनाई एवं त्रिपुरा बाँसुरी का वादन किया, इनकी कई बेहतरीन प्रस्तुतियों का वादन संकलन भी उपलब्ध है।

पण्डित रघुनाथ प्रसन्ना के प्रमुख शिष्य

पण्डित रघुनाथ प्रसन्ना के शिष्य में आपके छोटे भाई पण्डित भोलानाथ प्रसन्ना, पण्डित विष्णु प्रसन्ना, आपके पुत्र पण्डित राजेन्द्र प्रसन्ना, प्रणव कुमार मुखर्जी, बी०के० पाण्डेय, पण्डित हरिप्रसाद चौरसिया को भी आपसे तालिम मिली। पण्डित अनंतलाल, शिवप्रीत सिंह।

पण्डित भोलानाथ प्रसन्सना

पण्डित भोलानाथ का जन्म पण्डित गौरी शंकर के घर में हुआ। जहां पर पीढ़ी-दर-पीढ़ी शहनाई वादन की परम्परा थी। पण्डित भोलानाथ ने शहनाई की तालीम पहले अपने पिता गौरी शंकर एवं तत्पश्चात अपने बड़े पण्डित रघुनाथ प्रसन्ना से लेनी आरम्भ की। पण्डित भोलानाथ ने शहनाई के साथ त्रिपुरा एवं कृष्णा बाँसुरी की बारिकियों को भी आपने पण्डित रघुनाथ प्रसन्ना से सिखा।

(चित्र संख्या: 5.2) - पंडित भोलानाथ प्रसन्ना जी[7]

साथ ही आपने अपने बड़े भाई रघुनाथ जी एवं छोटे भाई पण्डित विष्णु प्रसन्ना के साथ बहुत सी संगीत सभाओं में, आकाशवाणी एवं दूरदर्शन के कार्यक्रमों में एक साथ भाग लिया। पण्डित रघुनाथ प्रसन्ना भाई तो थे ही, साथ ही आपने इनसे गुरु-शिष्य परम्परा से भी संगीत की तालीम ली। आपने बाँसुरी की पूर्ण शिक्षा रघुनाथ जी से प्राप्त करने के पश्चात् बाँसुरी वाद्य को अपने अनेक शिष्यों में प्रचारित किया। आपके

शिष्यों में सुप्रसिद्ध बाँसुरी वादक पण्डित हरिप्रसाद चौरसिया, आपके पुत्र पण्डित अजय प्रसन्ना, रत्न प्रसन्ना एवं सपन प्रसन्ना, सुनील कान्त गुप्ता, हरिमोहन और भी अन्य शिष्यों ने आपसे बाँसुरी एवं शहनाई की तालीम ली।

पण्डित विष्णु प्रसन्ना

पण्डित विष्णु प्रसन्ना, गौरी शंकर के सबसे छोटे पुत्र थे। आपने अपनी संगीत शिक्षा पिता गौरी शंकर एवं अपने बड़े भाईयों पण्डित रघुनाथ प्रसन्ना एवं पण्डित भोलानाथ प्रसन्ना से ग्रहण की। आपने अपने पारिवारिक शहनाई परम्परा को आगे बढ़ाया। आपने देश के कई प्रतिष्ठित मंच पर प्रस्तुतियां दी।

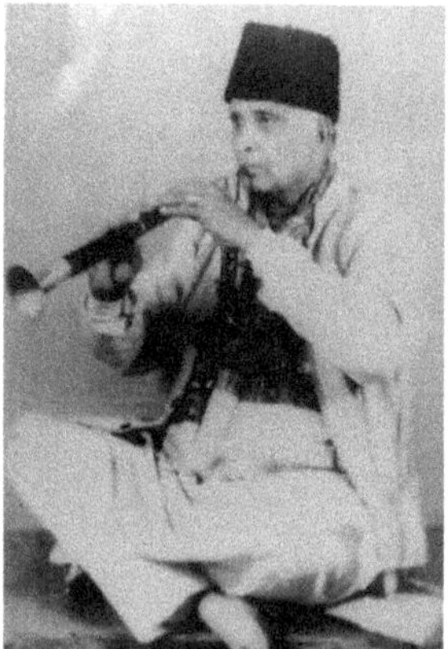

(चित्र संख्या: 5.3) - विष्णु प्रसन्ना जी[8]

आपने भारतरत्न उस्ताद बिस्मिल्लाह खां से भी शहनाई वादन की तालीम ली एवं कार्यक्रम के दौरान शहनाई पर साथ संगत भी की। आपने साँग एण्ड ड्रामा डिविजन में शहनाई वादक के पद पर कार्य किया। आपके प्रमुख शिष्य में पण्डित राजेन्द्र प्रसन्ना पण्डित जगन्नाथ, पण्डित सुन्दरलाल गंधर्व एवं अन्य शिष्यों ने आप से तालीम ली।

श्री शिवप्रीत सिंह

श्री शिवप्रीत सिंह का जन्म मार्च 1975 में काठमाण्डू, नेपाल में हुआ शिवप्रीत ने 5 साल की उम्र से ही बनारस घराने के भारतीय शास्त्रीय शहनाई एवं बाँसुरी वादक पण्डित रघुनाथ प्रसन्ना से संगीत की शिक्षा लेना प्रारम्भ कर दिया था।

(चित्र संख्या: 5.4) - शिवप्रीत सिंह जी[9]

शिवप्रीत सिंह ने पन्द्रह साल की उम्र में बाँसुरी वादन किया और भारत के पूर्व राष्ट्रपति ज्ञानी जैल सिंह द्वारा सम्मानित किया गया। शिवप्रीत सिंह ने Indo-American संगीत की नई शैली को विस्तरित किया, जो भारतीय शास्त्रीय संगीत की मधुर जटिलताओं, पश्चिमी संगीत के वाद्यों और हार्मोनिक तत्वों एवं दुनिया भर के समकालीन संगीतकारों को एक साथ लाती है।

"Shivpreet Singh is an entreprenceur, philanthropist and multi-media artist based in California. He is the founder of Dhun Anand Foundation, a nonprofit corporation focused on supporting artists serving the planet. He is founder of CEO of Bio Roman Pharmaceuticals, a biopharmaceutical company involved in the discovery and Research of oncology medicine. He is also the cofounder of stonegate Healthcare partners, a healthcare advisory services firm based in Dallas, Texas. Shivpreet has Bachelors from UC Berkeley and an MBA from University of Chicago."[10]

"with blessings of Guru Tegh Bahadur, the
Ninth guru who gave his life for the
Freedom of belief, dedicated to my
Music guru, Late Pt. Raghunath Parasanna"

Shivpreet Singh

श्री शिवप्रीत ने साक्षात्कार में बताया की "जब मेरी उम्र लगभग 15-16 के करीब थी तो पिताजी ने मुझे संगीत शिक्षा के लिए 1980 के आस-पास दिल्ली स्थित भोगल में गुरु जी के घर ले गए। इनके घर के बाहर लिखा था कि यहाँ पर हरमोनियम, बाँसुरी एवं शहनाई सिखाई जाती है तो पिता जी मुझे अन्दर ले गए तो देखा की वहां पर तो गायन भी सिखाया जाता है। मुझे याद है कि गुरु जी को मैंने राग भैरव में गुरुवाणी का शब्द सुनाया तो गुरु जी ने बहुत आशिर्वाद दिया। 1980 से उनका गंडा बद्ध शिष्य बना और लगभग 1990-91 तक गुरु जी से संगीत शिक्षा लेता रहा।

पण्डित रघुनाथ प्रसन्ना के शागिर्दों में श्री बी०के० पाण्डेय का नाम भी प्रमुखता से आता है। श्री बी०के० पाण्डेय जी ने पहले पण्डित पन्नालाल घोष से तालीम ली और बाद में बाँसुरी की शिक्षा को जारी रखते हुए आपने पण्डित रघुनाथ जी से शिक्षा ली।

पण्डित रघुनाथ प्रसन्ना के शागिर्दों में श्री प्रणव मुखर्जी का नाम भी शामिल है जो अपने समय में प्रसिद्ध त्रिपुरा बाँसुरी वादक थे। वर्तमान समय में आपके पुत्र सरोद वादक है।

पण्डित रघुनाथ प्रसन्ना के बारे में अन्य कलाकारों के विचार

पण्डित रोनू मजूमदार

पण्डित रघुनाथ प्रसन्ना के व्यक्तित्व एवं कृतित्व के बारे पण्डित रोनू मजूमदार जी कहते है कि रघुनाथ प्रसन्ना एक महान गुरु रहे। अपने समय उन्होंने शहनाई एंव बाँसुरी दोनों वाद्यों यंत्रों में बहुत से शिष्य तैयार

किए और खुद भी दोनों वाद्यों को बड़ी परिपूर्णता से बजाकर दुनिया को एक संदेश दिया।

बहुत ही विद्वान थे, मैंने उनके दर्शन बनारस में किए लगभग 1971 में जब मेरी उम्र 5 साल रही होगी। मेरे पिता जी डॉ. भानु मजूमदार की पण्डित रघुनाथ जी से बहुत अच्छी दोस्ती थी और उनके धर हमारा जाना अक्सर हुआ करता था।

बाँसुरी की पकड़ के विषय में रोनू जी बताते हैं कि यहाँ तक की बाँसुरी जो शहनाई की तरह पकड़ते है Finger technique वो पण्डित जी का बताया हुआ है। बाँसुरी की इस तरह की पकड़ को मैं बहुत मानता हूँ, लेकिन में पण्डित विजय राघव राव की तरह बाँसुरी पकड़ता हूँ। पण्डित हरिप्रसाद चौरसिया जी भी रघुनाथ जी वाली पकड़ को फालो करते है।

(चित्र संख्या: 5.5) - पण्डित विजय राघव राव एवं पण्डित रोनू मजूमदार की बाँसुरी पकड़

बाँसुरी की पकड़ को चित्र द्वारा दर्शाया गया है। जिसमें पण्डित रोनू मजुमदार और पण्डित विजय राघव राव ने बाँसुरी की पकड़ में बाँसुरी के ऊपरी भाग के छिद्रों को ऊंगलियों के ज्यादातर अगले भाग से पकड़ा हुआ है और नीचे वाले अंगुठे को बिल्कुल मध्यम वाले छेद के नीचे पकड़ा हुआ है। साथ ही बाँसुरी के नीचले वाले भाग के छेदों को भी अंगुलियों के अगले वाले भाग से छिद्रों को बंद किया जाता है और अंगुठे को सा और नी के मध्य रखा है।

(चित्र संख्या: 5.6) - पण्डित रघुनाथ प्रसन्ना जी एवं हरिप्रसाद चैरासिया की बाँसुरी पकड़

चित्र 5.6 में पण्डित रघुनाथ प्रसन्ना एवं पण्डित हरिप्रसाद चौरसिया की पकड़ बिलकुल अलग है जिसको शहनाई वाद्य की पकड़ भी कहा जाता है। इसमें ऊपर की तीनों उंगलियों में रे स्वर को अनामिका (Ring Finger) वाली अंगूठी के बिल्कुल अगले भाग से, मध्यमा (अंगूठी) एवं तर्जनी (अंगूठी) के मध्य भाग से छिद्रों को बन्द किया जाता है और अंगुठे को मध्यम वाले स्वर से ऊपर मुख रन्द्र की ओर रखा जाता है। सा नी ध एवं प स्वर के लिए भी ऊंगलियों की पकड़ इसी प्रकार होती है।

रघुनाथ जी बहुत ही सरल एवं मधुभाषी कलाकार थे। उनके जैसे कलाकार बहुत कम देखने को मिलते है। जिस प्रकार का उनका संगीत था उसी प्रकार का उनका व्यक्तित्व था। उन्होंने ने संगीत या यूं कहिए कि पण्डित जी ने बाँसुरी एवं शहनाई की तालीम अपने शागिर्दों को तो दी ही साथ ही साथ इन्होंने अपने छोटे भाईयों को भी सिखाया, पण्डित शिवनाथ को भी सिखाया। इन्होंने पण्डित पन्नालाल जी के बाद बाँसुरी को दुनिया भर में प्रचारित एवं प्रसारित किया।

पण्डित नित्यानन्द हल्दीपुर

साक्षात्कार में पण्डित नित्यानंद हल्दीपुर ने बताया किया "भारतीय शास्त्रीय संगीत में बाँसुरी वाद्य को लोक संगीत से शास्त्रीय रूप प्रदान

करने में पण्डित पन्नालाल घोष जी का योगदान रहा। उन्होंने बाँसुरी वाद्य में अनेकों प्रयोग किए। साथ ही साथ जो बनारस में प्रसन्ना परिवार ने शहनाई वाद्य की परम्परा में बाँसुरी को भी एक नया आयाम प्रदान किया।

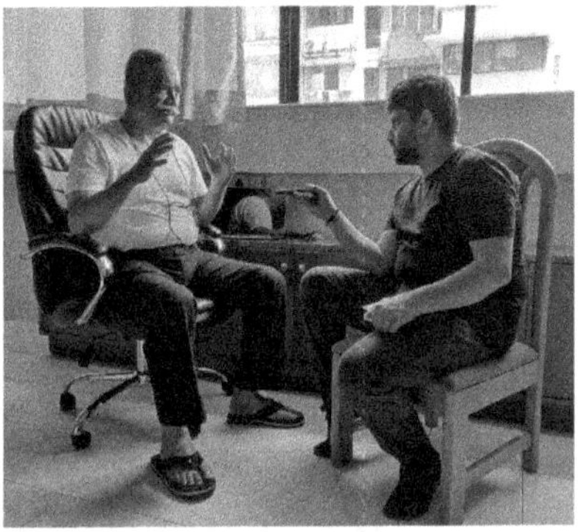

(चित्र संख्या: 5.7) - पंडित नित्यानन्द हल्दीपुर के साथ लेखक

उनकी बाँसुरी की Tonal quality या प्रसन्ना खानदान में जो भी बाँसुरी वादक हुए जैसे उनके बेटे राजेन्द्र प्रसन्ना जी या कोई भी शागिर्द उनका Tonal quality लाजवाब है, जैसा माईक्रोफोन के लिए चाहिए। उन्होंने शहनाई अंग को बाँसुरी में प्रस्तुत किया। रघुनाथ प्रसन्ना एक महान गुरु थे।

पण्डित शिवनाथ मिश्रा (सितार वादक)

पण्डित शिवनाथ मिश्रा बनारस के प्रसिद्ध सितार वादक एवं बुजुर्ग कलाकार है। साक्षात्कार में पण्डित शिवनाथ मिश्रा जी बताते है कि पण्डित रघुनाथ प्रसन्ना जी बनारस घराने के बहुत प्रसिद्ध कलाकार हुए, उन्होंने शहनाई के साथ बाँसुरी का प्रचार भी किया। पण्डित जी बताते हैं कि मेरी उम्र उस समय आठ साल लगभग रही होगी, जब रघुनाथ प्रसन्ना के पिता पण्डित गौरी शंकर जी अपने पुत्रों को गायन शिक्षा के लिए हमारे चाचा पण्डित महादेव मिश्रा के पास लाए थे, क्योंकि इनका घर पास ही भेलूपुरा में था।

(चित्र संख्या: 5.8) - पद्मश्री शिवनाथ मिश्र जी के साथ लेखक

बनारस में उस समय सभी कलाकार एक दूसरे के घर आया जाया करते थे। संगीत की बैठकें हुआ करती थी। मुझे याद है कि हमने रघुनाथ जी के साथ किसी बैठक में सितार बजाया और उन्होंने सरोद, क्योंकि शहनाई, बाँसुरी तो पण्डित जी बजाते ही थे साथ ही साथ सरोद का भी उनको बड़ा शौक था। उनके बेटे राजेन्द्र प्रसन्ना आज बाँसुरी एवं शहनाई को प्रचारित कर रहे है। हमारे बनारस के बहुत ही प्रसिद्ध कलाकार थे रघुनाथ प्रसन्ना जी। प्रसन्ना खानदान में पीढ़ी-दर-पीढ़ी चली आ रही संगीत परम्परा है उसको आगे आने वाली पीढ़ी भी यूँ ही बढ़ाएं।

पण्डित सुन्दर लाल गंधर्व

पण्डित सुन्दर लाल गंधर्व ने साक्षात्कार में बताया कि मेरी बाँसुरी की विधिवत शिक्षा पण्डित विष्णु प्रसन्ना से हुई। मैं पहले शहनाई बजाया करता था। मेरी संगीत की शुरुआती शिक्षा शिमला में भीमदत्त जी से हुई। उनके देहावसान के पश्चात् मेरी संगीत शिक्षा को अल्पविराम लगा। 27 जुलाई 1970 में 'संगीत एवं नाट्य प्रभाग' सूचना एवं प्रसारण मंत्रालय भारत सरकार शिमला में सरकारी सेवा में कार्यरत हुआ। इसी बीच गुरु जी पण्डित विष्णु प्रसन्ना जी के सम्पर्क में आया जो स्वयं एक सुप्रसिद्ध एवं उच्चकोटि के शहनाई एवं बाँसुरी वादक थे। गुरु जी के पास में शहनाई की शिक्षा प्राप्त करना चाहता था परन्तु गुरु जी ने मुझे बाँसुरी सिखने के लिए प्रेरित किया तब से आज तक मैंने

बाँसुरी को जीवनप्रयन्त अपना लिया। गुरु पण्डित विष्णु प्रसन्ना जी के सानिध्य में ही वास्तविक रूप से शास्त्रीय संगीत की बारिकियों को समझ पाया।

(चित्र संख्या: 5.9) - पंडित सुन्दर लाल गंधर्व जी के साथ लेखक

मेरे तीनों गुरु पण्डित रघुनाथ गुरु जी, पण्डित भोलानाथ गुरु जी और विष्णु प्रसन्ना गुरु जी बहुत ही सरल एवं सहज व्यक्तित्व थे। मुझे तो कभी-कभी ऐसा आभास भी होता था, या होता है जैसे इनमें दैविय शक्ति समाई हुई हो। इनके घर में जो भी जिज्ञासु संगीत शिक्षा के लिए आता था वो कभी खाली हाथ वापिस नहीं जाता था। किसी भी शागिर्द में कोई भेदभाव नहीं देखते थे। मैं तो कहूंगा कि इनका हाथ जिन भी शागिर्दों पर पड़ा वो संगीत जगत में एक सफल कलाकार के रूप में विश्वविख्यात हो गया जैसे पण्डित हरिप्रसाद चौरसिया, पण्डित राजेन्द्र प्रसन्ना जी और ऐसे तमाम शागिर्द।

पण्डित रघुनाथ प्रसन्ना की सौवीं जन्म शताब्दी पर कुछ कलाकारों के भाव

उस्ताद अमजद अली खाँ (सरोद वादक)

मुझे बहुत खुशी है कि हमारे देश के महान संगीतज्ञ पण्डित रघुनाथ प्रसन्ना की शताब्दी हम सब मना रहे है। संगीत की दुनिया में उनका बहुत बड़ा योगदान रहा है। शहनाई की परम्परा तो 7-8 पीढ़ी से उनकी

चली आ रही है। लेकिन लोग उनको विश्वकर्मा भी कहते थे। क्योंकि अलग-अलग वाद्यों का उनको बड़ा शौक था। शहनाई तो बजाते थे ही साथ उन्होंने बाँसुरी को शुरू किया और बहुत से लोगों को सिखाया भी। अपने छोटे भाईयों को अपने घर के बच्चों को भी सिखाया। बाँसुरी को बजाने की बहुत से तरीके होते हैं जिसमें इन्होंने त्रिपुरा बाँसुरी को शुरू किया और फिर उन्होंने कृष्णा बाँसुरी को भी शुरू किया। इन वाद्यों के साथ ही साथ सरोद भी बजाते थे। सरोद बजाने का भी शौक था। उनके साहबजादे राकेश प्रसन्ना जो मुझसे सरोद सिख रहे है। ये उनका प्यार था उनका शौक था कि एक बच्चा सरोद भी बजाए, और भी आगे इनके बच्चे शहनाई, बाँसुरी सरोद बजाए, इस देश का नाम रोशन करे। ऐसे बहुत कम कलाकार दुनिया में आते है जिनका बहुरूप होता है।

पण्डित सुनील मुखर्जी (सरोद वादक)

'वो मेरे बहुत अच्छे मित्र थे। हम कई Music Audition में selection board (चयन बोर्ड) में इकट्ठे बैठे। हम दोनों का selection एक जैसा होता था। उन्होंने त्रिपुरा बाँसुरी को Introduce किया। ऐसा कलाकार कहां मिलेगा, जो वो हो गए। उन्होंने जो संगीत के लिए योगदान दिया।

विदुषी गिरिजा देवी (गायिका)

आज हम अपने काशी के प्रसिद्ध कलाकार और गुणी व्यक्ति को याद कर रहे है, और समझते है कि सभी लोग उन्हें याद करेंगे। स्व० श्री रघुनाथ प्रसन्ना का नाम ले रहे हैं जो शहनाई एवं बाँसुरी बजाते थे। सबसे बड़ी बात कि इतने सरल और सच्चे व्यक्ति थे। हमारा कई बार बहुत सी conference में रेडियों में प्रोग्राम होता था। उन्होंने बहुत ही सच्चाई से अपने बेटे राजेन्द्र प्रसन्ना, अपने शिष्यों भाईयों भोलानाथ एवं अनन्त लाल को सिखाया। मैं बाबा विश्वनाथ से प्रार्थना करती हूँ कि उनका हर साल इसी तरह से मनाया जाये।

पण्डित राजन मिश्रा (गायन)

आज बड़ा सौभाग्य का दिन है कि आज पण्डित रघुनाथ प्रसन्ना का सौवां वर्ष मनाया जा रहा है। पण्डित रघुनाथ प्रसन्ना एक ऐसे कलाकार हुए जिनको हम ऐतिहासिक पुरुष के रुप में जान सकते हैं।

उस्ताद साबरी खाँ (सारंगी वादक)

रघुनाथ प्रसन्ना को सब जानते हैं उनका संगीत का असर था कि उन्होंने अपने सभी भाईयों एवं भाईयों के बच्चों को शिष्यों को सिखाया। पण्डित भोलानाथ और न जाने उन्होंने किन-किन को नहीं सिखाया। उन्होंने जिनकों भी सिखाया उनका नाम हुआ। किसी के हाथों में कुछ ऐसा जर्शर होता है कि जिसके ऊपर भी हाथ रखा वो कामयाब हो गया।

पण्डित बिरजु महाराज

आज सौ साल का आयोजन ऐसे मशहूर कलाकार का जिसके घराने में पहले तो शहनाई बजी बड़े सूर में बजी, उन्होंने जब बाँसुरी की ओर ध्यान किया तो इतने अच्छे से किया कि बाँसुरी भी सज गई और तमाम शिष्य देश-विदेश में नाम करते आए। पण्डित रघुनाथ का ये सौवाँ वर्ष मनाया जा रहा है जिसके लिए मैं बहुत शुभकामना करता हूँ।

सन्दर्भ सूची -

1. पण्डित राजेन्द्र प्रसन्ना, वार्ता, दिल्ली 23 अक्तूबर 2021
2. शंकर, अतुल. (2015). पण्डित भोलानाथ प्रसन्ना का व्यक्तित्व एवं भारतीय संगीत में उनका योगदान. बनारस: बनारस हिन्दू विश्वविद्यालय, पृ० 126
3. वही
4. रोनू मजूमदार वार्ता, मुम्बई
5. पण्डित राजेन्द्र प्रसन्ना, वार्ता, दिल्ली, 12/10/21
6. पण्डित राजेन्द्र प्रसन्ना जी से प्राप्त चित्र
7. पण्डित राजेन्द्र प्रसन्ना जी से प्राप्त चित्र
8. पण्डित सुन्दर लाल जी द्वारा प्राप्त चित्र
9. www.shivpreetsing.com
10. www.shivpreetsing.com

उपसंहार

हमारे देश में न जाने ऐसे कितने संगीतज्ञ कलाकारों ने जन्म लिया है जिन्होंने भारत में ही नहीं बल्कि पूरे विश्व में भारतीय संगीत का प्रचार किया तथा भारतीय संगीत को शिखर तक पहुँचाया। देखा जाए तो बहुत से ऐसे बुजुर्ग कलाकार हुए जिन्होंने स्वयं तो संगीत की सेवा की और संगीत जगत में अनमोल रत्न बन गए, साथ-ही-साथ उन्होंने संगीत जगत को बहुत से ऐसे कलाकार प्रदान किए जिन्होंने भारतीय संगीत को गुरु-शिष्य परम्परा से दुनिया भर में विख्यात कर दिया। संगीत विद्यार्थी होने के नाते लेखक अपना परम कर्तव्य समझता है कि ऐसे महान कलाकारों के महान योगदान, बलिदान को संरक्षित करके रखा जाए। ऐसे ही महान् कलाकारों में पण्डित रघुनाथ प्रसन्ना का नाम सर्वोच्च स्थान पर आता है। पण्डित रघुनाथ प्रसन्ना ने भारतीय सुषिर वाद्य बाँसुरी एवं शहनाई में महारत हासिल की और इन वाद्य को अपनी गरिमा प्रदान की। बनारस घराने से सम्बन्ध रखने वाले विश्वविख्यात बाँसुरी एवं शहनाई वादक पण्डित रघुनाथ प्रसन्ना का नाम संगीत जगत में सदा आदर व सम्मान के साथ लिया जाएगा। पण्डित जी का जन्म ऐसे पारिवारिक परिवेश में हुआ जहां पर संगीत के प्रति गहरा सम्बन्ध व शहनाई वादन की खानदानी परम्परा पीढ़ी-दर-पीढ़ी चली आ रही थी।

पण्डित रघुनाथ प्रसन्ना में निहित सक्षमाताएं और दृढ़ इच्छा शक्ति थी। उन्होंने संगीत बाँसुरी एवं शहनाई के क्षेत्र में नये-नये स्तम्भ स्थापित किए। आपने न सिर्फ शहनाई, अपितु बाँसुरी वादन एवं इसकी शिक्षा को सम्पूर्ण संगीत जगत को एक नई दिशा प्रदान की। आपके द्वारा आने वाली समस्त पीढ़ियाँ लाभान्वित हुई।

लेखक का सम्बन्ध स्वयं बाँसुरी वादन से रहा है। मन में ऐसे कलाकार के बारे में जानने की जिज्ञासा हमेशा से बनी रही थी कि बाँसुरी

एवं शहनाई जैसे सुषिर वाद्य को इन महान् कलाकारों ने किस तरह आम जनमानस में विस्तारित किया। ऐसे कौन से कार्य एवं योगदान थे जिससे आपके द्वारा बाँसुरी एवं शहनाई वाद्यों में सम्पूर्ण विश्व में अपनी अमिट छाप स्थापित की तथा नये-नये आयाम स्थापित किए। पण्डित रघुनाथ प्रसन्ना सभी के लिए एक विशिष्ट उदाहरण एवं प्रेरणा के महान स्त्रोत है। मैं अपने पुस्तक के माध्यम से यह भी जान सका कि किस प्रकार एक कलाकार अपनी कला एवं अन्य रुचियों के मध्य कुशल सामंजस्य कर सकता है।

पण्डित रघुनाथ प्रसन्ना का जन्म वाराणसी (उत्तर प्रदेश) में अप्रैल 1913 को राम नवमी के आस-पास पण्डित गौरी शंकर एवं माता जानकी देवी के घर में हुआ था। पण्डित गौरी शंकर के तीन पुत्र पण्डित रघुनाथ, पण्डित भोलानाथ एवं पण्डित विष्णुप्रसन्ना जी हुए। पण्डित रघुनाथ प्रसन्ना जी के परिवार में सभी कलाकार विवाह, मांगलिक कार्यक्रमों, राजदरबारों एवं नौबतखानों में शहनाई वादन करके परिवार का भरण-पोषण किया करते थे। पण्डित गौरी शंकर उच्चकोटि के शहनाई वादक थे। इनकी प्रशंसा बहुत दूर-दूर तक फैली थी। जिस कारण इनकी नियुक्ति कूच बिहार (पश्चिम बंगाल) में राजा के दरबार में हुई। पण्डित रघुनाथ प्रसन्ना भी अपने पिता के साथ वहीं राजदरबार में रहा करते थे, और वहीं पर आपकी शहनाई वादन की शिक्षा अपने पिताजी से होती थी। आपको संगीत सेवा के लिए विभिन्न संगीत संस्थाओं एवं भारत सरकार द्वारा विभिन्न सम्मानों से नवाजा गया।

आप आकाशवाणी से शहनाई वाद्य में "ए ग्रेड" बाँसुरी में "बी हाई" कलाकार थे। वर्ष 1996 में पण्डित रघुनाथ प्रसन्ना को भारत सरकार द्वारा संगीत नाट्क अकादमी पुरस्कार प्रदान किया। मधुर एवं प्रभावशाली वादन प्रस्तुत करने के लिए आपको कूच बिहार (पश्चिम बंगाल) के राजा ने "प्रसन्ना" उपनाम की उपाधि से अलंकृत किया गया।

पण्डित रघुनाथ प्रसन्ना का जन्म संगीतमय परिवार पण्डित गौरी शंकर के घर में हुआ, जहाँ पर शहनाई वादन की परम्परा सालों से चली आ रही थी। आपकी संगीत शिक्षा बचपन में ही गौरी शंकर से आरम्भ हो गई थी, पिता जी आपने शहनाई की विभिन्न तकनीकों को सीखा। इसके पश्चात 17-18 वर्ष की आयु में आपने अपने पिता के साथ राजदरबारों एवं नौबत खानों में शहनाई वादन करना आरम्भ कर दिया था। आपने गायन विधा की शिक्षा बनारस के सुप्रसिद्ध गायक प्रसिद्ध दाऊ जी मिश्रा से प्राप्त की। आपने इनसे ख्याल अंग, ठुमरी, कजरी, चैती, होरी एवं बनारसी अंग की गायकी को सीखा।

पण्डित रघुनाथ प्रसन्ना अपने परिवार में ऐसे कलाकार हुए जिन्होंने वर्षों से चली आ रही शहनाई वादन की परम्परा में बाँसुरी वाद्य को प्रवेश दिलाया। आपने स्वयं बाँसुरी का निर्माण एवं अपने परिवार में अपने से छोटे भाईयों एवं उनके बच्चों को बाँसुरी की विधिवत तालिम दी। पण्डित जी बाँसुरी में बहुत सारी तकनीकियों को विकसित किया और बाँसुरी वाद्य को गायकी अंग की ओर मोड़ा और बाँसुरी वाद्य का प्रचार अपने शागिर्दों एवं देश-विदेश में किया।

पण्डित रघुनाथ प्रसन्ना को बाँसुरी एवं शहनाई वादन में जितनी महारत हासिल थी वही पण्डित जी कुशल वाद्य अविष्कारक भी थे। इन्होंने शहनाई के साथ बजने वाली स्वर पेटी को भी बनाया, साथ ही स्वरमण्डल, सरोद, शहनाई तथा अनेक वाद्यों को बनाया। "इनकी वाद्य बनाने की विशेषता के कारण भारत रत्न शहनाई वादक उस्ताद बिस्मिल्लाह खां ने इनको विश्वकर्मा की संज्ञा दी थी।"

इनके प्रमुख शिष्यों में इनके छोटे भाई पण्डित भोलानाथ प्रसन्ना, विष्णु प्रसन्ना, रघुनाथ प्रसन्ना जी के पुत्र पण्डित राजेन्द्र प्रसन्ना, प्रणव मुखर्जी (त्रिपुरा बाँसुरी) डॉ. भानू मजूमदार, पण्डित अन्नत लाल। पण्डित हरिप्रसाद चौरसिया का नाम भी इनके शिष्यों में आता है। पण्डित हरिप्रसाद चौरसिया इन्हें बड़े गुरुजी कहकर पुकारा करते थे।

अपने पुस्तक के अन्तर्गत, मैं विभिन्न माध्यमों से अपनी समस्त जिज्ञासाओं को पूर्ण कर सका और इस पुस्तक के माध्यम से पण्डित रघुनाथ प्रसन्ना की जीवन शैली, सांगीतिक जीवन, व्यक्तित्व एवं अन्य सभी विशेषताओं प्रमुखताओं एवं महानताओं को जान सका।

सन्दर्भ ग्रन्थ सूची

- कौशल, ललित कुमार. (2012). हिन्दुस्तानी शास्त्रीय संगीत में वाद्यात्मक रस भावभिव्यक्ति. कनिष्क पब्लिशर्स, डिस्ट्रीब्यूटर्स
- खुशीराम. (2018). पण्डित राजेन्द्र प्रसन्ना का व्यक्तित्व एवं कृतित्व. हिमाचल प्रदेश: विश्वविद्यालय
- चन्द्र, मोती. (2010). काशी का इतिहास. बनारस: विश्वविद्यालय प्रकाशन
- जायसवाल, राधेश्याम. (2013). भारतीय संगीत के सुषिर वाद्यों का इतिहास. दिल्ली: कनिष्क पब्लिशिर्स डिस्ट्रीब्यूटर्स
- जैन, वीणा. (2008). सेनिया घराना और सितार वाद, शैली. नई दिल्ली: कनिष्क पब्लिशर्स, डिस्ट्रीब्यूटर्स
- जौहरी, रेनू. (2004). भारतीय सांगीतिक जगत में वाराणसी का योगदान. नई दिल्ली: क्लासिकल पब्लिशिंग कम्पनी
- देव, वी. चैतन्य. (2017). वाद्य यन्त्र. अनुवादक अल्का पाठक. नई दिल्ली: नेशनल बुक ट्रस्ट
- पर्वतकर, वनमाला. (2012). संगीतमय बनारस. वाराणसी: शारदा संस्कृत संस्था
- बसंत. (2017). संगीत विशारद. उत्तरप्रदेश: संगीत कार्यालय हाथरस
- भारद्वाज, विकास. (2018). बाँसुरी वादक पण्डित पन्नालाल घोष व्यक्तित्व एवं कृतित्व. दिल्ली: कनिष्क पब्लिशिंग हाउस
- भार्गव, अंजना. (2009). भारतीय संगीत शास्त्रों में वाद्यों का चिन्तन. नइधर् दिल्ली: कनिष्क पब्लिशिंग डिस्ट्रीब्यूट्स
- मिश्र, कामेश्वर नाथ. (2018). काशी की संगीत परम्परा, संगीत जगत में काशी का योगदान. लखनऊ: भारत बुक सेन्टर
- मिश्र, विद्याधर प्रसाद. (2022) बनारस घराने की गायन परम्परा और पण्डित बड़े रामदास एवं योगदान. इलाहाबाद: इलाहाबाद विश्वविद्यालय
- मिश्र, लाल मणि. (1973). भारतीय संगीत वाद्य. नई दिल्ली: भारतय ज्ञानपीठ प्रकाशन
- व्यास, सत्य. (2015). बनारस टाॅकिज. बनारस: हिन्दी युग्म प्रकाशन
- वालिया, सीमा रानी. (2007). स्वर वाद्यों के वादन में ठुमरी और धुन प्रचलन एवं महत्व. दिल्ली: संजय प्रकाशन
- शर्मा, भगवत. (2019). भारतीय संगीत का इतिहास. हाथरस: संगीत कार्यालय, हाथरस
- शर्मा, संजीव कुमार. (2014). भारतीय संगीत परंपरा. दिल्ली: कल्पना प्रकाशन
- शंकर, अतुल. (2015). पण्डित भोलानाथ प्रसन्ना का व्यक्तित्व एवं भारतीय संगीत में उनका योगदान. बनारस: बनारस हिन्दू विश्वविद्यालय
- शारंगदेव. (2000). संगीत रत्नाकर. राधा पब्लिकेशन्स, अंसारी रोड, दरियागंज, नई दिल्ली, प्रथम संस्करण
- शुल्क, शत्रुघ्न. (1991). ठुमरी की उत्पत्ति, विकास और शैलियाँ. दिल्ली: हिन्दी माध्यम कार्यान्वयन निदेशालय, दिल्ली विश्वविद्यालय
- सिन्हा, जूही. (2019). बिस्मिल्लाह खान बनारस के उस्ताद. नई दिल्ली: नियोगी बुक्स
- श्रीवास्तव, सी. एल. (1983). 'विजय' बाँसुरी शिक्षा. उत्तर प्रदेश: संगीत कार्यालय हाथरस

साक्षात्कार

- नित्यानंद हल्दीपूर, चर्चा, मुम्बई
- राजेन्द्र प्रसन्ना, वार्ता, दिल्ली
- रोनू मजूमदार, वार्ता मुम्बई
- शिवनाथ मिश्रा, चर्चा
- सुन्दर लाल गंधर्व, वार्ता, दिल्लीः

Internet Source

- Book source, Digital library of India Item 2015
- em.m.wikipedai.org/wiki/cooch.behar-state
- Him.wikipedia.org/wiki/वाराणसी का इतिहास
- https:/youtube/cvwZM-118
- Raghunath seth flute workshop 1995 vol 6, https://youtube/m2CQubpkq6
- Sufar-e-Bismulla (Documantary), Xauvra Chaudra Vijay Singh duraon Raj Bihar
- www.shivpreetsingh.com
- पण्डित छन्नूलाल मिश्रा, Guftagoo with Pt. Channulal Mishra, Sansad TV.

परिशिष्ट

पं. रघुनाथ प्रसन्ना जी शहनाई वादन करते हुए

पं. रघुनाथ प्रसन्ना जी त्रिपुरा बाँसुरी वादन करते हुए

पण्डित रघुनाथ प्रसन्ना के पिता गौरी शंकर

बनारस घराने के गुरु पण्डित महादेव मिश्र

पण्डित भोलानाथ प्रसन्ना, पण्डित रघुनाथ प्रसन्ना और पण्डित विष्णु प्रसन्ना कार्यक्रम की प्रस्तुति देते हुए

पण्डित विष्णु प्रसन्ना एवं पण्डित रघुनाथ प्रसन्ना के साथ कार्यक्रम की प्रस्तुति देते हुए

पण्डित भोलानाथ प्रसन्ना पण्डित सुनील कांत गुप्ता को बाँसुरी की तालीम देते हुए

पण्डित विष्णु प्रसन्ना शहनाई वादन करते हुए

आकाशवाणी के विशेष कार्यक्रम के दौरान सामूहिक छायाचित्र

कार्यक्रम की रिहर्सल करते हुए विभिन्न कलाकारों के साथ

पण्डित राजेन्द्र प्रसन्ना अपने पिता द्वारा बनाई गई बाँसुरी पर प्रस्तुति देते हुए

पण्डित राजेन्द्र प्रसन्ना एवं हरिप्रसाद चौरसिया, पण्डित रघुनाथ प्रसन्ना की सौवीं वर्षगांठ पर अभिवादन करते हुए

पण्डित हरिप्रसाद चौरसिया एवं पण्डित राजेन्द्र प्रसन्ना

पण्डित हरिप्रसाद चौरसिया एवं पण्डित राजेन्द्र प्रसन्ना कार्यक्रम में ज्योति प्रज्जवलित करते हुए

पं. राजेन्द्र प्रसन्ना जी के साथ साक्षात्कार के दौरान लेखक

WKRISHIND
Nature's Creation

WKRISHIND
Nature's Creation

wkrishind.in
Instagram @wkrishind
9999568276
Email: contact@wkrishind.in

www.ingramcontent.com/pod-product-compliance
Lightning Source LLC
La Vergne TN
LVHW010425051026
849527LV00002B/360
9788197792380